JN055700

# 魔力が無いと言われたので独学で最強無双の大賢者になりました！

He was told that he had no magical power, so he learned by himself and became the strongest sage!

2

Yukihana Keita
雪華慧太

Illustration
ダイエクスト

エミリア
アルディエントの元王女。騎士団の回復役を務め、「聖王女」として親しまれる。
ディアナ
アルディエントを護る、エルフの女騎士団長。ルオたちに力を貸す姉御的存在。
フレア
ルオの下克上に協力した良き相棒。負けん気が強く、戦場でも活躍する。
ルオ
元数学者の転生者。魔力が計測されず公爵家から追放された。自身を捨てた父を倒した後、大国アルディエントの王となった。

シオン
ジャミルに仕える
謎多き仮面の男。
剣と魔法に長け、雷を操る。
ジャミル
西の大国シュトハイドの王。
容赦ない侵略で獣人族の
国を滅ぼした。
リーシャ
獣人族の国
ルディーリアの王女。
国を滅ぼされた経験から、
人間を嫌っている。
ジュリアス
ルオの異母兄。
宰相として政治面で
弟を支える。
主な登場人物
Main Characters

# 1、プロローグ

アルディエント暦《れき》一八七六年、一人の若者がこの地に現れた。

その男の名はルオ・ファルーディア。

魔力すら持たぬとされる第五等魔法格として生まれ、公爵家《こうしゃくけ》の嫡男《ちゃくなん》でありながらも無能なクズだと言われ、家を追われた少年だ。

だが、彼はただの少年ではなかった。

前世では日本人であり、優れた才能を持つ若き数学者だったのである。

彼は十年の時を費《つい》やして、己の中に眠る、強大だが常人には決して使いこなすことが出来ない力――劣等魔力の謎を解き明かした。そして、魔導と前世の教養を組み合わせた数学的魔導術式『神言語《しんげんご》』によって、それを制御するに至る。

ルオはその後、騎士爵家《きししゃくけ》の令嬢《れいじょう》フレアと協力して素性《すじょう》を偽り、士官学校に入学する為の実戦式戦闘術試験に挑み、次々と強敵を打ち破っていった。魔法格が全てと言われるアルディエントの常識を覆《くつがえ》し、国を手に入れる為に。

そんな中、同じように魔法格による支配に疑問を持ち、彼に手を貸したのは美しい王女エミリアである。

彼女たちの協力を得てついにルオは、この国で最強の英雄であり、彼に無能の烙印《らくいん》を押した父ゼギウスとの決戦に臨《のぞ》む。

その戦いで、かつてこの地を蹂躙《じゅうりん》したという、魔神《まじん》デュランスベインの力を宿す闇の神具《しんぐ》さえも打ち砕いたルオ。

それは、傲慢《ごうまん》な国王や高位貴族たちによる絶対的な支配をも崩した瞬間であった。

人々は若き英雄の誕生に沸《わ》き立ち、彼は英雄帝レヴィンの再来と呼ばれ、大国アルディエントの新しき王となる。

それから程なく――


アルディエント西方《せいほう》、ヴァルフェント公爵領。

「ふざけるな！　何が新国王だ、俺は認めぬぞ。ルオ・ファルーディアだと？　奴は十年前、魔力もない無能者だと父親にさえ見捨てられたゴミクズではないか⁉」

西方の大領主であるヴァルフェント公爵は、怒りを込めてそう声を上げた。

一万もの私兵を集め、その先頭で大剣を手に取ると天にかざす。

「第五等魔法格のクズが、第一等魔法格に生まれた者に逆らうなど決して許されぬ愚行《ぐこう》だと、教えてやらねばならぬ。神具とも呼べるこの大剣バルベオスにかけて！」

ヴァルフェント公爵のその声に、傍にいる側近の一人が怯えたように声をかける。

「し、しかし、公爵閣下《かっか》。新王ルオ・ファルーディアはあのゼギウスを倒したとか。三英雄の筆頭、この国最強の男を……」

その瞬間——

「馬鹿めが!!」

ヴァルフェント公爵の怒声と共に、側近の首は刎《は》ねられた。

兵士たちは公爵の体から立ち上る強大な魔力と怒気《どき》に息をのむ。

そして、ヴァルフェントは嘲笑《あざわら》った。

「怖気《おじけ》づきおって！　臆病者には用はない。三英雄だと？　俺がその気になれば、とうに三英雄になどなれておったわ。ゼギウスが敗れ去ったのは、結局奴は器《うつわ》ではなかったということよ」

肥大化《ひだいか》した自尊心《じそんしん》と傲慢さが溢れた額に、ある印が浮かび上がった。

聖印《せいいん》と呼ばれる第三の瞳だ。魔導の奥義《おうぎ》の一つである。

それは漆黒に染まっていくと、手にした大剣にも黒い炎が宿っていく。

強い属性を帯びた聖印は色を得て、魔聖眼《ませいがん》という名のさらに恐るべき力に変化するのだ。

「見よ、この魔剣バルベオスを！　数々の英雄を輩出《はいしゅつ》した名高《なだか》きヴァルフェント家の秘宝よ。いずれ機を見てゼギウスの寝首をかいてやろうと思っていたが、奴が死んだのであれば丁度いい。国王の座を簒奪《さんだつ》したルオ・ファルーディアを滅《めっ》し、この我こそがアルディエントの王となってくれるわ！」

兵士たちはヴァルフェントの強大な魔力に怯えながら、その後に続く。

すると、目の前に村が見えてきた。小さな農村だ。

ヴァルフェントの傍に仕える騎士の一人が主に尋ねる。

「公爵閣下、どうやら進軍先に村があるようです。迂回《うかい》いたしましょう」

騎士の言葉にヴァルフェントは笑いながら答える。

「何故だ？」

「は？　な、何故だとは……」

このまま進めば、村の田畑を踏み荒らすことになり、幼子《おさなご》や老人がいる家は逃げ遅れ、死人が出るだろう。

だが、ヴァルフェントはそれを意に介する様子もない。

「平民など我らに尽くす為のクズどもではないか？　そんなことも分からんのか。俺が王となる尊き進軍を邪魔するものは、踏みつぶし焼き払えば良いのだ。逆らうのであれば、貴様も先程の愚か者のようになるぞ。ふは！　ふははは‼」

ヴァルフェントの言葉に、騎士は先程の首を刎ねられた男のことを思い出し、身を震わせる。

そして、声を上げた。

「そ、そのまま進軍せよ！　あの村を焼き払え！　公爵閣下がそうお望みだ」

側近の騎士の声に、兵士たちは村に先行すると、進軍の妨げにならぬよう家に魔法で火を放ち始める。

「そうだ。クズどもなどいくら死んでもどうということはない。尊いのはこの俺のような選ばれし者だけなのだ」

逃げ惑う村人たちの姿を満足げに眺めながら笑うヴァルフェント。

その視線の先に、幼い子を抱いて逃げ遅れた親子の姿があった。

母親は娘を抱いて、必死に周囲の兵士に懇願《こんがん》する。

「ど、どうかお助けください。せめてこの子だけでも！」

大きな獣耳と尻尾が特徴的なその姿は、獣人族だ。

一年ほど前、彼らの王国であるルディーリアが戦火に遭《あ》い、その避難民たちがこのアルディエントにも小さな集落を作って暮らしていた。

腕に抱いた娘はまだ五歳にも満たないだろう。

母親は必死に娘を守ろうとしている。

それを見てヴァルフェントは残忍な顔で笑った。

「何かと思えば、ケダモノどもの村ではないか。くくく、気が変わった……殺せ」

「は？」

兵士たちは思わず問い返す。

「聞こえなかったのか？　皆殺しにせよと言っている。これから始まる戦いのいい景気づけになるというものよ」

あまりの言葉に兵士たちも一瞬、動揺の色を隠せなかったが、逆らえばどうなるのかは、先程首を刎ねられた男が示している。

ヴァルフェントは笑いながら命じた。

「どうした？　やれと言っておる、聞こえぬのか!?」

兵士たちは剣を抜くと、怯える獣人の母娘に切っ先を向けた。

幼い少女は泣き始める。

「うえ、うぇええええん！　ママぁ」

「ああ、エマ……」

（神よ、私はどうなってもかまいません。どうかこの子だけは、エマだけはお救いください！）

母親はしっかりと娘を抱きしめながら天に祈った。

助けなど来るはずもない。

自分たちに訪れるのは、逃れることの出来ない死だと分かっていながら。

その時——

一体どこから現れたのだろうか。

気が付くと、エマと母親の前には一人の少年が立っていた。

美しいブロンドの髪を靡《なび》かせ、佇《たたず》んでいる。

その瞳に宿るのは、まるで氷のように青く燃え上がる炎。

幼子を抱く母親は、自分たちに突き立てられるはずだった兵士の剣先が、地面に落ちていくのを見た。まるで何者かに切り落とされたかのように。

だが、目の前の少年は腰に提げた剣を抜いてはいない。

彼を前に兵士たちは後ずさり、ヴァルフェントは叫んだ。

「き、貴様何者だ!?」

青い目をした少年は静かに答える。

「貴様のような外道《げどう》に名乗る名などない」

それを聞いてヴァルフェントの目は怒りに血走っていく。

そしてまるで獣のように吠《ほ》えた。

「おのれ、貴様！　この俺を誰だと思っている！　尊いこの俺によくもそのような口を！　殺せ、この下郎《げろう》を今すぐに焼き尽くせ!!」

ヴァルフェントの凄まじい怒気に押されるように、一万の大軍勢の前列から一斉に火炎魔法が放たれた。

恐ろしいほどの数の火炎が、一斉に少年と母娘に襲い掛かる。

ヴァルフェントは哄笑した。

「ふは！　ふははは！　愚か者めが。何者かは知らぬが、獣どもと共に灰となるが良い」

無数の紅蓮《ぐれん》の炎が彼らを焼き尽くすと思われたその時——

少年はこともなげに、指先を炎に向ける。

と、同時に兵士たちは、放った火炎がことごとく何かに貫かれて凍り付いていくのを見た。

それをなしたのは、少年が放った無数の氷の刃《やいば》である。

あり得ない光景だ。

数千にも及ぶ火炎が、それと同数の氷の刃に貫かれ、青く凍り付き、砕け散っていく。その中をゆっくりと歩く少年。

「その男と共に地獄に行きたい者は前に出ろ。そうでなければ、道を空けることだ」

少年の瞳はヴァルフェントを射抜いており、額には青く輝く聖印が浮かび上がっていく。

それを見て、兵士たちは思わず後ずさる。

そして、怯えたように口を開いた。

「青く燃え上がる炎、氷と炎の魔聖眼を持つ男……ま、まさか！」

兵たちが、一人の男を恐れるようにして道を空けていく。男とヴァルフェントが一直線に結ばれる。

その間を悠然と進む少年の姿を、獣人の母娘は見つめていた。

そんな母娘の傍に一人の少女が駆け寄る。

まるで赤い薔薇《ばら》のように艶《あで》やかな髪を靡かせた少女だ。

「もう大丈夫よ！」

彼女は母娘を守るように前に立つと剣を構えた。

さらに、村から立ち上る煙の中から、白い鎧を身にまとった騎士団が現れる。

先頭にいるのは、美しい女エルフだ。

「どうやら間に合ったようだね。まったく、一万の軍勢の真っただ中に一人で先行するなんて、相変わらず大胆なことをする坊やだ。いいかい、みんなよく聞きな！　村人を守りながら全軍臨戦態勢に入れ」

彼女は、敵の軍勢に対峙しながら、村民を守る配置を命ずる。

そしてヴァルフェントに言い放つ。

「ヴァルフェント公爵。観念《かんねん》することだね。この周囲はもう王国の騎士団が固めてある。王国の守護天使の名に懸《か》けて、お前のような奴を許すわけにはいかないんだよ！」

そう言って鮮やかに剣を構えるエルフの女騎士の姿に、ヴァルフェント軍の兵士たちは動揺の声を上げる。

「あれはディアナ・フェルローゼ！」

「王国の守護天使だと」

そして、改めてヴァルフェントの前にやってくる少年を見つめた。

「では、このお方は……」

「ああ、間違いない。新王ルオ・ファルーディア陛下《へいか》だ！」

幼い子供さえ首を刎ねよと命じた主と、その幼子を守ろうとした少年を見比べる兵士たち。

どちらに従うべきか、戸惑いのどよめきが広がっていく。

その光景に、ヴァルフェントは怒りの咆哮《ほうこう》を上げた。

「おのれ！　この役立たずどもが!!」

ヴァルフェントが手にした魔剣バルベオスに、凄まじい魔力が集まっていく。

黒い炎に包まれていく大剣のおぞましさに、兵士たちは後ずさる。

それでもなお、自分に向かって進んでくるルオをヴァルフェントは嘲笑した。

「この力が分からんとはな。やはり貴様など第五等魔法格のクズに過ぎん！　ゼギウスなど、俺がその気になればこの神具――魔剣バルベオスで一刀両断しておったわ!!」

ルオはヴァルフェントの前に立つと、静かに口を開いた。

「神具だと？　やってみろ。貴様などゼギウスの小指ほどの力もない」

「な！　なんだと小僧！　この馬鹿が、死ねぇええい!!」

怒りに満ちた叫びと共に、凄まじい勢いで魔剣バルベオスが振り下ろされた。

そこに込められた魔力は何者をも焼き尽くし、両断するだろう。

勝利を確信したヴァルフェントの傲慢な顔。

だが――

そこにいる兵士たちは皆見惚《みと》れた。

振り下ろされたヴァルフェントの大剣の上に立つ、少年王の姿に。

あの斬撃をどうやってかわしたのか、それに、剣の上にまるで羽根のように身を乗せるなどあり得ない。

まさに神技だ。

魔剣バルベオスが纏《まと》う黒い炎は凍り付き、いつの間にか抜かれたルオの剣が、ヴァルフェントの額の漆黒の魔聖眼に突き付けられていた。

「馬鹿な！　こんな馬鹿な!?」

「言ったはずだぞ。お前が行くのは地獄だとな」

まるで絶対零度《ぜったいれいど》の檻《おり》に封じられるがごとく、ゆっくりとヴァルフェントは凍り付いていく。

「終わりだ。ヴァルフェント」

「おのれ！　おのれぇえええ!!」

怒りに満ちた断末魔《だんまつま》を残してその氷は砕け散った。

魔剣バルベオスは地面に転がり、辺りには静寂が広がっていく。

ディアナがヴァルフェントの軍勢に向かって宣告する。

「あんたたちは、どうするんだい？　選ぶんだね。坊やに従うか、それとも死んだ主の後を追うかを」

王国の守護天使の言葉に、彼らは一人、また一人とその武器を地面に投げ捨てていく。

もはや彼らの顔に戦意などない。

無慈悲《むじひ》なヴァルフェントの姿を見て、どちらに従うべきかをとうに悟っていたのだ。

「お、俺は嫌だ！　女や幼子にまで手をかけるなど」

「ああ、そうだ……そのようなこと、人がすることではない」

兵士たちは次々にルオの前に膝をついた。

「陛下、どうか愚かな我らをお許しくださいませ」

「我らは、ルオ様に従います」

ルオは頷くと、踵《きびす》を返した。

そして、我が子を守る為に必死に身を挺《てい》した獣人の母親を見つめる。

「安心するがいい。貴方達は、俺が王として責任を持って保護しよう」

思いがけないルオの言葉に彼女は涙した。

獣人であることで彼女たちは、この領地で差別を受け続けていたからだ。

滅んだ国の民として、行先さえ定まらずに転々としながら。

「ありがとうございます！　ありがとうございます！　陛下、私はミレーヌ。この子はエマと申します」

エマは自分と母を救ってくれた少年を見つめる。

先程まで戦っていた時とはまるで別人のような優しい笑顔に、小さな手を差し伸べた。

彼女の愛らしく大きな瞳と獣耳に、二人を守りながら傍にいたフレアも思わず笑みを浮かべる。

そしてルオに言った。

「ルオ、村人やこの子たちを連れて、一度公爵領との境にある騎士団の駐留地に戻りましょう。エミリア様もきっと心配しておられるわ」

「そうだな、そうするとしよう」

ルオはフレアに答えると、村人たちを保護した後、全軍に撤退を命じた。

騎士団とルオに投降した兵士たちが次第にその場を去っていく。

後に残されたのはルオとフレア、そしてディアナだ。

ディアナは、ヴァルフェントが残した魔剣バルベオスを拾い上げる。

それから呟いた。

「魔剣バルベオスか。ヴァルフェントはこれを神具などと言っていたが、とてもゼギウスが使っていた闇の神具デュランスベインとは比較にならないね。あの時のゼギウスの言葉、あれはただのたわごとだったのか、それとも……」

真剣な表情になっていくディアナを見て、ルオが声をかける。

「どうしたディアナ？　行くぞ」

「あ、ああ、そうだね坊や。いや、ルオ陛下」

不安を誤魔化すかのようにそう言ったディアナに対して、ルオは肩をすくめる。

「好きに呼べばいい。その方があんたらしいからな」

それを聞いてディアナは笑う。

「坊やのそういうところが好きなのさ。ふふ、存外年下も悪くないね」

わざとしなを作ってルオに身を寄せてみせるディアナ。鎧の上からでも分かる大きな胸がルオの腕に押し当てられる。

それをフレアが横目で睨んだ。

「はぁ？　まったく、このエロエルフは。ルオから離れなさいよ！」

「失礼だね。いいじゃないか。好きな男にアタックするのは自由だろ？」

そして、フレアの胸を見ると笑みを浮かべる。

「それとも成長しない胸が気になって、あんたはアタック出来ないのかい？」

「はぁあああ!?　こ、殺すわよ!!」

剣を抜きかけそうなフレアと彼女をからかうディアナを尻目に、ルオは歩き始める。

彼が口笛を吹くと、少し離れた場所で待っていた見事な白馬が駆け寄り、それに騎乗した。

「やれやれだな。先に行くぞ」

その後を、赤毛の馬に飛び乗ってフレアが追う。

「ちょ！　待ちなさいよルオ。あんた今、私の胸とディアナのを見比べたでしょ？」

「さあな」

「さあなって何よ！　待ちなさいって言ってるでしょ」

ディアナは若い二人の背中を眺めながら笑みを浮かべる。

そして、もう一度手にした魔剣を見つめた。

「神具を持つ者が他にもいるというゼギウスのあの言葉。もしも本当であれば、捨ておけない話だ。私の取り越し苦労ならいいんだけどね」

ディアナはそう呟くと、肩をすくめて二人の後を追った。


一方その頃、士官学校の学生ロランはアルディエント王宮の中を走っていた。

現在の彼は、士官学校に通いながらも、その能力を高く買われ、王宮勤めの役人でもある。

そして、ふと立ち止まると窓から西の方角を眺めた。

「今頃は、ルオ様はヴァルフェント公爵領に着いている頃だよな……陛下のことだから心配はいらないとは思うけど」

ロランは小さな不安をかき消すように頭を振ると、また走り出す。

「いけない。僕だって自分が出来ることをしないと。それにしても、まったく忙しいったらないや！」

愚痴《ぐち》にも似た言葉をこぼしながらも、その顔は希望に満ちている。

ほんの少し前までは、士官学校の中で自分の人生を諦めかけていたロラン。

そんな彼が変わったのはある朝、ある人物に出会ったからだ。

(ルオ様、格好良かったよなぁ……)

自分を蹴り飛ばした十傑会《じゅっけつかい》のギリアムさえ一歩も動けないほど、ルオの剣技は凄かった。

そして、この国最強のゼギウスさえも倒した、輝く剣を持った雄姿《ゆうし》を思い出して、またその場に立ちすくむ。

「おっと、仕事仕事!」

慌てて王宮の廊下の角を曲がると、ブロンドの凛々《りり》しい青年にぶつかりかけた。

この国の王にどこか似た風貌《ふうぼう》をした人物だ。

ロランは慌てて頭を下げる。

「ジュリアス様! す、すみません。急いでいたもので」

「ロランか。いいさ、いつもご苦労だな。お前の仕事ぶりにはルオも俺も感心しているぐらいだ。今回のルオの西方の遠征《えんせい》も、お前たちが集めた情報のお蔭で先んじて動くことが出来たのだからな」

「そ、そんな!」

恐縮するロランに、ジュリアスは苦笑しながら続ける。

「西方の反乱の話。本来なら、国王のルオではなく俺が遠征軍の指揮を執《と》るべきだろうが、ルオの奴、面倒なことは俺に押し付けて気楽なものだ」

「はは、ルオ様らしいですよね。自らご出陣されるなんて」

「まったくだ。だが、そういうところがレヴィンの再来と呼ばれる所以《ゆえん》だろう。まあ、ディアナもフレアも一緒だ、心配することはあるまい」

「そうですよね！」

ロランは目の前の青年を眺める。

白い軍服を身に纏ったジュリアスの姿はとても爽やかだ。

（ジュリアス様、本当に雰囲気が変わられたよな。以前とはまるで別人だよ。今やこの国の宰相《さいしょう》閣下だもんな、でも偉ぶったところなんて全くないし）

ジュリアス・ファルーディア。彼はこの国の王の兄だ。

三英雄の一人である紅蓮の魔導騎士オーウェンを圧倒したほどの天才。士官学校の十傑会の会長であり、雲の上の存在だった。今ではそんなジュリアスの傍にいることに自分でも驚きながら、ロランは頭を掻いた。

「ほんとに僕なんかが、ここに居てもいいのかなって、今も思います。こうして、ジュリアス様たちと一緒に仕事をしているなんて、まだ信じられないんです」

それを聞いてジュリアスは笑った。

目を細めて窓から空を見上げる。

「それを言うならば、この俺に宰相の資格などありはしない。自分の命を狙った俺にこんな仕事を任せるとは、あいつはとんだお人よしだ」

「ジュリアス様……」

ロランは、言葉とは裏腹にジュリアスのどこか嬉しそうな表情を眩《まぶ》し気《げ》に見ていた。

宰相の地位を得たことが嬉しいのではなく、弟との絆が嬉しい、そんな表情を。

(この人はきっと、これからどんなことがあっても陛下を裏切らない。信頼出来る人だ)

そんなことを思いながら、上司であるジュリアスを見つめるロランだった。

ロランは今、ジュリアスの下で働いている。

内政、外交を含む様々な案件を処理する部署の役人の一人だ。

様々な情報を収集、分析し、的確な国の方針を上申《じょうしん》する、機密情報も扱うような部署の上級官吏《かんり》である。

今までは第二等魔法格以上でなければ、試験すら受けられなかった。

ジュリアスはロランに言う。

「お前の情報分析力は俺の部下の中でも最も優れている。これもルオが魔法格による官吏試験の条件を廃したお蔭だな」

「はい、ジュリアス様！　僕だけじゃないですよ、仲間たちの多くが張り切ってこの国の各地で働いてます！　それに、今回のことの本当の功労者はジーク様です。あの方の情報網は本当に凄い。ルオ様の影と呼ばれるのが分かります」

ジュリアスはロランの言葉に頷いた。

「ジーク・ロゼファルスか。確かにな。元トレルファス家の使用人と聞くが、頭のいい男だ。ルオが国王になった後、伯爵《はくしゃく》に任じられると僅《わず》かな間に国中に自らの部下を散らせていた。中にはルオに不満を持つ上級貴族たちのところに、使用人として潜り込ませたりもしてな」

「はい、ロゼファルス伯爵が元々使用人だったからこそ分かることもあるのかもしれませんが、余程の明晰《めいせき》な頭脳と、部下たちからの信頼がなければこうはいきません。ルオ様が信頼なさっているのも頷けます。今回僕たちが分析した情報の多くは、ジーク様からのものでしたから」

ジーク・ロゼファルスは、ルオの下克上《げこくじょう》の最初の協力者だ。ルオは彼の身分を借りて士官学校の試験に潜り込み、ゼギウスとの戦いに漕ぎ着けた。

ルオが国王になった後に伯爵に任じられたが、使用人の分際でと揶揄《やゆ》する者もいる。しかし、その能力の高さをロランは知っていた。

「それもこれも、やっぱりルオ様のお蔭です。魔法格が絶対の頃なら、第三等魔法格のロゼファルス伯がこのような役回りをすることも出来なかったのですから」

ロランは笑顔でそう言った。

官吏だけではない。全ての職業において、魔法格による条件は廃された。

実力がある者ならば己の望む職業に就ける。

ジュリアスは言う。

「野心を持っていた上級貴族どもも、これでほぼ抑えたことになる。後は都から遠い西方だけが懸《けん》案《あん》だったが、今回の遠征が無事に終われればもう国内に不安要素はないだろう」

ロランは大きく頷いた。

「それにルオ様の即位と同時に国法は改正され、税制も改革されました。お蔭で、一部の上級貴族だけが富を独占することもなくなった。国民は皆、働くことに喜びを感じています。これからこの国はきっとますます栄えるでしょう」

ロランのような若者からも新たなアイデアが次々と出され、良いものは実行される。

それに耳を傾けることを目的に、国王であるルオも宰相ジュリアスもまだ士官学校に籍を置いている。その為に王宮内には士官学校の学《まな》び舎《や》の一部や、ルオが長を務める執行部も併設されていた。

ロランのような優秀な学生が国政に携わることが容易なのは、それが理由でもあるだろう。

若い力が国政に反映されることに喜びを感じている学生たちは多い。

下からの意見が、直接上まで届くなど、今までででは考えられなかったことだ。

「まったく、お蔭でこちらは大忙しだがな。ルオの奴、人使いが荒いことだ」

「ですね！」

そう言って肩をすくめるジュリアスに、笑顔を見せるロランだった。

二人はそのまま機密を取り扱う為の執務室へと入っていく。

部屋に入るとジュリアスは鍵をかけた。

西方での反乱の情報こそあったが、内政もようやく安定し始め、ここ最近はロランには特別な任務を与えている。

もちろん、その為に動く人員も与えて。

「ロラン、それで例の一件について何か分かったことはあるのか？」

ジュリアスの眼差《まなざ》しが鋭いものになっている。

その瞳を見つめながらロランは頷いた。

「ゼギウスが最後に残した言葉にあった、例の神具の話ですが、もしかすると思わぬ相手が絡んでいるかもしれません」

「思わぬ相手だと？」

「はい」

ロランは机に一枚の地図を広げる。

そこには一つの大陸が描かれている。

様々な国々が並ぶその地図の上に、一際大きな大国が二つあった。

一つは、アルディエント。そしてもう一つは山脈を越えてその西に位置する大国である。

国土の広さで言えば、このアルディエントさえ凌《しの》ぐだろう。

ロランの視線はその国へと向けられている。

「黒騎《くろき》士王《しおう》ジャミルが治める国、シュトハイドか。ロラン、聞かせてくれ。お前たちが調べ上げたことを」

ジュリアスのその言葉に、ロランは深く頷くと、自らが知った事実を話し始めた。

それを全て聞き終えると、ジュリアスは呻《うめ》いた。

「まさかな……だが、俺も疑問に思っていたのだ。父上がどうやってあの槍を手に入れたのかを。

ロラン、お前は護衛を連れてルオのもとに行け。このことを伝えるのだ」

「はい、ジュリアス様！」

ロランは旅の支度をする為に部屋を後にした。

彼が西方にいるルオのところに合流するには、早くても十日ほどかかるだろう。

ルオたちも反乱の鎮圧《ちんあつ》だけではなく、領主が不在となった公爵領を統制下に置く為に、暫くは西方に滞在するはずだ。

執務室に一人立つジュリアスは、部屋の窓から西の方角を眺める。

そして呟いた。

「ルオ、気を付けろ。もしかすると今回の西方の遠征、思わぬ長旅になるかもしれんぞ」

## 2、聖王女《せいおうじょ》

ヴァルフェント領の外れの森のふもとに密かに作られた騎士団の駐留地に、ルオたちが戻った頃。

保護された村人たちは、一人の少女の周りに集まっていた。

彼女の名はエミリア。前王の娘だ。ルオが王となった今は王女ではないが、彼女がこの国の為に果たした役割と、白薔薇のようなその可憐《かれん》さを称え、聖王女と呼ばれている。

ヴァルフェントの非道な行いで焼け出された村人の中には、酷い火傷《やけど》を負った者もいる。

そんな彼らの傷に、エミリアはそっと手で触れた。

清らかな魔力が辺りに広がっていく。

同時に、エミリアの額に聖なる波動を感じさせる聖印が開いた。

「ああ、神様……痛みが和《やわ》らいでいく」

エミリアの魔力が住民たちの傷を次々と癒《いや》していった。

これほどのヒーラーは稀《まれ》だろう。

村人たちは傷を癒してくれた少女に頭を下げて礼を言った。

「ありがとうございます！」

「本当にありがとうございます！」

エミリアは彼らを見て微笑んだ。

「いいのです。元はと言えば、我が国の者が恥ずべき行いをしたのが原因なのですから」

そんな少女の肩の上には可愛らしい生き物が座っている。

そして主人が感謝されたのを見て、嬉しそうに鳴いた。

「リルリル～」

それは純白の子猫リスのリルだ。

リルを肩に乗せた姿は、エミリアのトレードマークでもある。

「流石《さすが》エミリア様！　いつ見ても聖王女に相応《ふさわ》しい力です」

「うむ、神々《こうごう》しい限りですな」

そう言ったのは、エミリアの侍女《じじょ》マリナと護衛騎士のグレイブである。

二人の言葉にエミリアは恥ずかしそうに答えた。

「もう、二人とも大袈裟《おおげさ》だわ。これもルオ様のお蔭です。毎晩特訓をしていただいて、ようやく聖印を開けましたから。自分の力が皆の役に立つことが嬉しくて」

マリナが意味ありげな表情でエミリアに囁《ささや》く。

「あの秘密特訓の効果は凄いですよね。それに、額を合わせて踊るルオ様とエミリア様がとても素敵ですし！」

その言葉にエミリアは顔を真っ赤にする。

「あ、あれは聖印を開く為のただのトレーニングだわ！　でも、お蔭でこうしてルオ様に同行することをお許しいただいたのですから」

ルオと額を合わせ、そして息を合わせて踊ることでお互いの魔力を絡み合わせて、魔力を押し上げてもらう。

相性もあるが、それによってエミリアの魔力は以前よりも遥かに高まっている。

元々王家の血を引くエミリアの素質を考えれば、聖印を開くことが出来たのも当然と言えるかもしれない。

先程戻ってきたディアナも、感心したようにエミリアの治療を眺めていた。

「私も聖騎士としてヒーラーの力も持ってはいるけど、エミリア殿下《でんか》は聖属性、それも回復魔法にかけてはずば抜けてる。聖王女の名も頷けるね」

「そんな、ディアナまで。あ！　ルオ様！　フレア！　お帰りなさい……あら、その子は？」

「エミリア、今帰った。ああ、この子は獣人の村の子供だ」

そんな中、フレアと一緒に戻ってきたルオの傍には、ちょこちょこと彼の周りをついて回る小さな少女の姿がある。

獣人の少女のエマだ。

母親のミレーヌは申し訳なさそうに傍でそれを見つめている。

「すみません。この子がどうしても陛下の傍にいたいと聞かなくて」

エマはルオを見上げると指をくわえる。

「王たま、エマのこと助けてくれたです。ママも助けてくれたです」

そう言って大きな耳をピコピコと動かすと、尻尾を揺らしてルオの周りを嬉しそうに歩いている。

エミリアとマリナはそれを見て目を輝かせた。

「まあ！　なんて可愛らしい」

「ほんとに！　ふふ、それに無愛想《ぶあいそう》なルオ様に、こんなに懐いてるなんて」

ルオは肩をすくめるとマリナに言う。

「無愛想は余計だ」

エマは首をかしげてルオを見つめる。

「王たま優しいです。エマ、王たま大好きです!」

エミリアはそれを聞いて大きく頷いた。

「エマっていうのね。ふふ、分かるわ。私もルオ様のことが大好きだもの」

今は少し無愛想なところがあるが、エミリアが幼い頃初めて会った時のルオはとても優しくて、今でもその本質は変わっていないと彼女は信じている。

だからこそ彼に全てを託したのだ。

だが、そう言ってからエミリアは思わず顔を真っ赤にする。

「あ、あの今の『好き』っていうのはそういう意味じゃなくて。そ、その……」

そんな主を見てマリナはふぅとため息をついた。

「安心してください。エミリア様がルオ様を好きなことはみんな知ってますから」

「も、もう！　マリナの馬鹿!!」

それを聞いて、家を焼け出されてそこに集まっている皆も笑顔になる。

フレアも笑いながら、無事救い出せた村人たちの姿を眺めた。

そして、自分と同じくルオの傍に立つ銀髪の少年に声をかける。

「それにしても、やるわねジーク。あんたの情報がなかったら、こんなに早くヴァルフェント公爵の動きはつかめなかったわ。彼らを救えたのはあんたのお手柄《てがら》かもね」

それを聞いて、ジークは恭《うやうや》しくフレアに頭を下げた。

「恐縮です、お嬢様。これもこの領内に潜り込んでくれた者たちのお蔭です」

「お嬢様はやめなさいよ。もうあんたはトレルファス家の使用人なんかじゃないんだから」

フレアの言葉にジークは頭を掻きながら苦笑した。

「そうでしたね。ですが、やはりまだ慣れません」

「分かるわそれ。私も公爵家の令嬢なんて肩がこるもの」

ルオが国王になり、約束通りトレルファス家は公爵家としてルオを支えている。

騎士爵家から公爵家の娘になったフレアは、その艶やかな赤い髪と勝気な美貌から、国民の間で赤の薔薇姫と呼ばれていた。

ジークと共に、まさに成功の象徴《しょうちょう》とも呼べる存在だ。

「それにしても、こんな子供まで容赦なく殺そうとするなんてね。あの男、どうしようもないクズだわ」

ヴァルフェント公爵の残忍な顔を思い出しながら、フレアはそう言った。

そんな中、エマがルオの傍からちょこちょこと彼女のもとにやってくる。

そして、大きな耳をピコンとさせて、ルオがヴァルフェントと剣を交えている時、自分を守ってくれたフレアを見て、お礼を言った。

「赤い髪のお姉たま、ありがとです！」

普段は勝気なフレアも、そんなエマの笑顔を見ると思わず頬が緩む。

「ふふ、間に合って良かったわ、おチビちゃん。私の名前はフレアよ。それにしても、こんなところに獣人族の村があるなんてね」

ジークも頷いた。

「ですね。私が得た情報ではこの辺りには廃村しかないはずでしたが。ヴァルフェントも馬鹿ではありません。あれほどの軍勢を動かすことを気取られぬよう、人気《ひとけ》が少ないルートを選んでいると報告を受けていましたから、彼も知らなかったのでは？」

「廃村ねぇ。実際この子たちが住んでたじゃない。ルオが彼女たちの気配を感じて先行しなかったら危なかったわ」

フレアのその言葉に、村の長老らしき老人が申し訳なさそうに口を開く。

「あ、あの、誰も住んでいないようでしたので、いけないこととは思ったのですが、朽《く》ちかけた家を直し、私たちが住まわせて頂いていたのです。我らはルディーリアの民、故郷を追われ今は放浪の身ですから」

長老の言葉に、ジークは得心がいったという顔をして答える。

「ルディーリアといえば、自然豊かで多くの獣人族が住む王国ですね。確か一年前だったか、西の大国シュトハイドに滅ぼされたと聞きましたが」

彼の言葉に村人たちは皆、悔しそうに唇を噛みしめた。

そして口々に言う。

「はい……ある日、突然隣国であるシュトハイドの黒騎士王が攻め込んできたのです。圧倒的な数の敵に、美しいルディーリアは踏み荒らされて」

「黒騎士王？　確かシュトハイドの国王ジャミルね。そういえばここ数年で、多くの国を滅ぼして領土を広げているって聞くけれど」

フレアの問いに、長老が頷く。

「はい、とても残忍な男です。女子供であろうと容赦なく殺して……民を守る為にルディーリア王も兵を率《ひき》い、最後まで勇敢に戦ったと聞きますが、生きておられるのかさえもう……」

村人たちは疲れ切った顔で俯《うつむ》いた。

「戦いを逃れ、生き残った僅《わず》かな者たちは散り散りになってしまいました。私たちも国境の山脈を、このアルディエントへと越えたのです。野山でなんとか食べ物を採り、必死の思いで生きてきました」

「山で生活をするのにも疲れ、数か月前、ようやくここで人がもう住んでいない村を見つけたのです。そして隠れて暮らしていたのですが、その村も燃やされてしまった」

住む場所を転々として、やっと落ち着ける地を見つけたのだろう。

村人たちの目には涙が浮かんでいる。

エマもそんな大人たちを見て悲しくなったのか、ぽろりと大粒の涙を流した。

「また、おうちなくなったです……」

母親のミレーヌはそんな娘を抱きしめて涙を流した。

「大丈夫よエマ。また森で暮らせばいいわ、ママも頑張るから」

そしてルオに頭を下げる。

「お聞きの通りです、ルオ様。私たちはアルディエントの民ではありません。国を追われたとはいえ、貴方様の治める大地に勝手に住まう罪人なのです。ですが、どうかお願いします。贅沢《ぜいたく》は申しません。森に住み、生きていくことだけはお許しをくださいませ」

ルオたちに保護されたとはいえ、守られる理由がない彼らは皆俯いた。

国と王を失った今、彼らを守る者はもう誰もいないのだから。

エマもボロボロと涙を流しながら下を向く。皆のそんな姿を見ているのが悲しいのだろう。そして、せっかく安らげた家を失ったことも。

エミリアはそんな母娘をそっと抱きしめると呟く。

「罪人ですって？　一体貴方たちが何をしたというのです。行く場もなく、壊れたあばら家《や》を直し、肩を寄せ合い、生きてきただけではありませんか。それのどこが罪なのです」

彼女は祈るように両手を胸の前で合わせて、ルオを見つめた。

ルオは彼らを眺めると答えた。

「悪いが森に住むことを許すわけにはいかない」

「そんな、ルオ様！」

エミリアの悲痛な顔を見て、ルオは笑みを浮かべた。

「俺はアルディエント王として約束したのだ。責任を持ってお前たちを守ると。ならば、もう俺の民だろう？　俺は自分の民を森に住まわせるつもりなどない」

ジークも頷いた。

「ですね、陛下。ヴァルフェント領を平定したら、この領内に彼らの居場所を作るべきでしょう。陛下がそう仰るのなら、既に彼らはこの国の民なのですから」

ルオやジークの言葉に、エミリアの表情が明るく輝く。

「ルオ様、ジーク！」

ミレーヌや村人たちは驚いたように目を見開いた。

「な、何故そこまでしてくださるのです……」

思わず声を詰まらせるミレーヌを見て、フレアが肩をすくめた。

「変わった男なのよこいつは。でも安心なさい、ルオは一度口にした言葉は必ず守る男よ」

ミレーヌは彼女を見た。

国王に対して口は悪いが、強い信頼を寄せているのが感じられる。

（ルオ・ファルーディア陛下。なんてお方なの、それに周りに集まる方々も……これが新しいアルディエント王国）

一見無愛想なルオ。だが彼の傍に集まる者たちは兵士に至るまで一様に笑顔だ。

それは彼らが皆、心からこの少年王を敬愛し、そのやり方に賛成している証に見えた。

そして、獣人族である自分たちへの蔑《さげす》みなど全くない。

まるでそれが当たり前かのように。

村人たちは深々と頭を下げ、長老は皆を代表してルオに感謝の気持ちを伝えた。

「ルオ様。我ら、このご恩は一生忘れませせぬ」

そして思う。

（まだ、年若いと言うのに。英雄帝レヴィンの再来と呼ばれる理由がよく分かる。このお方は王の中の王だ。ルディーリア王も、このお方ならば敬うことをお許しくださることだろう）

ミレーヌは涙を流しながらその場で深々と頭を下げた。

「ありがとうございます陛下！　命に代えても貴方様に忠誠を尽くすと誓《ちか》います」

村人たちも一斉に頭を下げた。

そして、それを見たエマも尻尾をぴんと立てて言う。

「エマも王たまに忠誠を誓うです！」

母親を真似《まね》て頭を下げるエマが可愛くて、場はすっかり和《なご》んだ雰囲気になった。

そんな時――

くぅうう～とエマのお腹の虫が鳴く。

「はわ……ごめんなさいです。でも、何だかいい匂いがするのです！」

エマは、くんくんとその小さな鼻で、辺りの匂いを嗅《か》いでいる。

大きな犬耳がピコピコ動いて、大きな尻尾が左右に揺れた。

それを聞いて、マリナがポンと手を叩く。

「いけない。忘れてましたわ！　そろそろ、夕食が出来る頃です」

怪我人が運ばれてくるまでは、マリナもそれを手伝っていたのだ。

彼女は少し離れた、騎士団の兵糧《ひょうろう》部隊が集まっている場所に駆けていく。

そしてすぐに戻ってくると皆に声をかけた。

「夕食の準備が出来たそうです！　村の皆さんも一緒に食べましょう」

フレアも大きく頷く。

「そうね。ヴァルフェント公爵も倒したし、後はこの領地をしっかりと平定するだけだもの。その前に、まずは腹ごしらえだわ！」

「ふふ、賛成です。エマもお腹が空いているみたいだし」

エミリアは、指を咥えて美味しそうな匂いがする方角を見つめるエマを見て微笑む。

そんなエマの頭にポンと手を置くと、ルオは言う。

「行くか、ちび助《すけ》」

エマは嬉しそうに彼を見上げた。

「はいです！　王たま!!」

差し出されたルオの手を、エマはぎゅっと握ってちょこちょこと歩き始める。

「まあ、ルオ様ったら」

エミリアは思わず笑いながら二人の後を追った。

マリナやグレイブ、そしてミレーヌや村人たちもルオたちについて行く。

それを眺めながらディアナが言った。

「へえ。意外だね、坊やの奴。こりゃ、子供が出来たら子煩悩《こぼんのう》になりそうだ」

そして、隣で二人を眺めて笑みを浮かべているフレアに問いかける。

「何見てるんだい？　まさか、坊やとの子供が出来たら、なんて考えてるんじゃないだろうね」

「は⁉　そ、そんなこと考えてないから！」

「どうだかね」

「ちょ！　待ちなさいよ」

ディアナを追いかけてフレアも、夕食が用意された兵糧部隊の屯所《とんしょ》に向かう。

辺りにはいい香りが漂い、夕食の準備をしている兵士たちはルオを見て敬礼をすると、給仕《きゅうじ》を始めた。

割れにくく軽い軍用の皿に、湯気を立てる白いものが盛り付けられていく。

エマが不思議そうにルオに言う。

「白くてほかほかです」

ミレーヌも首を傾げながら尋ねた。

「これは一体……」

そんな二人を眺めながら、フレアは肩をすくめた。

「この辺りじゃ食べられていないから仕方ないわね。これはライスよ。東方ではパンの代わりに広く食べられている穀物《こくもつ》らしいけど、私もつい最近まで知らなかったわ」

エマがフレアを見上げる。

「ライスですか？」

「ええ、美味しいわよ。味気ない携帯用の乾《かん》パンなんかよりもずっといいわ」

ジークはフレアの言葉に頷く。

「はい、元々はルオ様がお好きで、国王陛下になられてからはよく召し上がっておられるものなのですが、温かく美味しいものですから軍用の補給物資に取り入れたのです」

夕食を準備していた兵士たちも頷く。

「私たちもすっかり気に入っています。炊《た》く時の煙さえ風魔法で散らしてしまえば、敵に気取られることもありませんし。さあ、どうぞ」

兵士たちはそう言うと、熱々のご飯が載った皿の上に、今度はシチューのようなものをかけていく。

その中では、とろとろに煮込まれた肉や野菜が美味しそうに湯気を立てている。

「味付けはエミリア殿下とマリナ殿にしていただきましたから、ご安心を」

村人の治療を行うまでは、エミリアたちも夕飯の準備を手伝っていたのだ。

皿に盛られていく料理を見て、またエマのお腹がくぅと鳴る。

兵士は笑いながら、エマの為に小さめの皿を用意し、盛り付けた。

それを渡してもらって、エマはルオを見上げる。

「旨《うま》いぞ。食べてみろちび助」

「はいです！」

嬉しそうにそう言ってエマは、木のスプーンでそれをすくって食べる。

そしてぴんと耳を立てた。

「はふはふ！　とっても美味しいです‼」

笑顔になるエマを見て、村人たちもこくんと喉を鳴らした。

廃村に隠れ住み、まともな食料もなかったのだ。当たり前だろう。

ミレーヌは兵士に料理をよそってもらって、自分も口にする。

ライスと呼ばれた白いものと、上にかかった濃い色のシチューのようなものが口の中でとろけて、思わず声を上げた。

「美味しい！　これは一体……」

村人たちも給仕されたそれを夢中で食べる。

「これは旨い！」

「今まで食べたことがない味だ」

「ああ！」

エミリアはそんな彼らを見て微笑んだ。

「これもジークがルオ様から教わった料理で、カレーライスというそうです。体にいい香辛料《こうしんりょう》が幾つも入っていて、私も大好きですわ」

ルオの前世での記憶を元にして作られた料理なのだが、エミリアたちはもちろんそれは知らない。香辛料や野菜などは前世でのものと全てが同じではないが、エミリアやマリナ、そして王宮の料理人の手によって洗練され、より美味しいものになっている。

エミリアもスプーンでカレーを一口すくってぱくりと食べると、ほっこりした顔になる。

「不思議ですわね。こうして皆で野外で食べると一層美味しく感じますわ」

「ほんとですね、エミリア様！」

マリナも頷く。その隣ではグレイブも舌鼓《したつづみ》を打っている。

ジークがフレアに頭を下げながら言う。

「美味しいはずです。森を突っ切る強行軍の中、出くわした大猪《おおいのしし》をフレア様が仕留めてくださったお陰で、いい肉が手に入りましたから。大物で、兵糧部隊が運ぶのに手こずりましたが」

「まあね。いい具合に煮込まれてるじゃない？」

鍋の中で、大猪の赤身と脂身《あぶらみ》がとろりと煮込まれているのが見える。

フレアも給仕された皿を受け取ると一口食べた。

「はふ！　確かにいけるわね」

ディアナが呆れたように言った。

「まったく。公爵令嬢が猪を捕まえてりゃ世話ないね。まあ、フレアらしいか」

「ならあんたは食べなくていいわよ、ディアナ」

そんなフレアの嫌味を無視するディアナ。

「ん？　いけるねこれは！　野菜も肉もとろっとろだ」

そう言って美しい鼻梁《びりょう》をピクンとさせ、カレーを一口噛みしめて呑み込む。

ルオも傍にある切り株に腰を下ろし、食べ始めた。

すると、エマがその膝の上に座る。

慌てて止めようとするミレーヌに、ルオが静かに首を横に振った。

エマはルオの膝の上でカレーを頬張ると、嬉しそうにはしゃいだ。

「エマ楽しいです！　こんなに楽しいこと久しぶりなのです!!」

ミレーヌはその言葉に思わず涙した。

シュトハイドとの戦争で夫を亡くした後、娘を守る為に必死に逃げ延びてきた。

森の中で、時には木の根さえ食べながら。

それでも、母親に心配をさせないように笑顔で頑張る娘のことを、ミレーヌは一番よく知っていたからだ。

そんなエマが久しぶりに心から笑っているのが、嬉しくて仕方ない。

「ありがとうございます……陛下、本当にありがとうございます」

ミレーヌはそう言うと、楽し気に笑う娘の頭を撫でた。

エマはカレーを口いっぱいに頬張って、こくりと呑み込むとふと思い出したように言った。

「とっても美味しいです。リーシャお姉たまにも食べさせてあげたいです！」

それを聞いてエミリアが首を傾げた。

「リーシャお姉様？　ここにはいない村人がまだいるのですか？」

それならば保護をしなければ、と村人たちに問いかけるエミリアだったが、一方で村人たちは何かを隠すかのように顔を伏せた。

黙り込む村人たちにディアナが尋ねる。

「どうしたんだい？　何か変だね。そのリーシャっていうのは誰なんだい？」

村人たちは押し黙ったまま顔を見合わせた。

そんな中、ミレーヌが思い切ったように口を開く。

「長老様。ルオ様にはお話しするべきです。このお方なら信頼が出来ますわ！」

彼女の言葉に村の長老は頷き、村人たちを見渡した。

黙り込んでいた村人たちも、ミレーヌや長老の顔を見てこくりと首を縦に振り、同意していく。

皆のその姿を見て長老は、ルオの前に進み出ると深く頭を下げた後に口を開いた。

「ルオ様。確かに我がルディーリアは滅びました。ルディーリア王ももはや生きてはおられぬでしょう。ですが、リーシャ様は、我らが姫君は生きておられるのです」

思わぬ長老の言葉に、ルオたちは皆、食事の手を止める。

フレアが驚いて尋ねた。

「貴方達の姫って、つまりルディーリアの王女ってこと？」

彼女の問いに長老は頷く。

「はい、左様《さよう》でございます。リーシャ・ルディーリア殿下、我らの姫君にございます」

ミレーヌも深々と頭を下げた。

「どうかお許しくださいませ。このことは仲間以外に口外してはならないと、リーシャ様に固く言われておりましたので。ですがルオ様や皆様は私たちを受け入れてくださった。私たちも隠し事をするわけにはまいりません」

彼女はそう言うと、ルオたちに全てを話し始めた。

# 3、白の姫騎士

丁度その頃。

主であるヴァルフェント公爵が多くの手勢を引き連れて出陣し、手薄になった居城の城壁では、石垣の陰に二人の人影が息を潜めていた。

夕暮れの薄闇の中で、城壁の上を歩く見張りの兵士を物陰から見つめている。

一人はまだ幼い少女だ。

年齢は十二、十三歳ぐらいだろう。

白く美しい髪を靡かせて、静かに兵士の動きを見守っている。

その髪と大きく白い狼耳は、獣人族の中でも珍しい白狼族《はくろうぞく》の証だ。

気が強そうだが、その美貌はどこか高貴さを感じさせる。

夕日が山の陰に沈み、辺りが闇に包まれていく。

そんな中、見張りの兵士が城壁の上を通り過ぎるのを見守った後、もう一人の女性が少女に声をかける。

「姫様」

少女にそう呼びかけたのは、青い髪をした女剣士だ。

こちらは年齢は二十代前半、凛とした顔立ちの獣人女性である。

青い狼耳は青狼族《せいろうぞく》の証だ。

少女は青狼族の女剣士に頷く。

「ええ、サラ。行くわよ」

それはまさに一瞬の出来事だった。

見張りの死角をついて、城壁の僅かな凹凸《おうとつ》を利用して一気に壁を駆け上がると、城の敷地内に身を躍《おど》らせる。

その動きは、とても常人では真似が出来ないだろう。獣人特有のしなやかさだ。

二人は、見張りの動きを警戒しながら、さらに中庭から城の中へと進んでいく。

鮮やかに城内に入り込むと、物陰に隠れて暫く息を潜める。

巡回をしている兵士が遠ざかっていく足音を聞いて、少女はふぅと息を吐いた。

「上手くいったわね、サラ」

「はい、リーシャ様。それにしてもついてましたね。ヴァルフェントがあれほどの軍勢を連れて城を出るなんて」

「ええ、これ以上の機会はないわ」

リーシャはそう言うと、床の上に右の手のひらをそっと当てる。

その腕には変わった防具、ガントレットがつけられている。

見事な彫刻《ちょうこく》が施された金色のガントレットの甲《こう》の部分には、真紅《しんく》の宝玉《ほうぎょく》が嵌《は》め込まれていた。

「サラ、これから捕らえられている仲間たちの匂いを探るわ」

「はい、リーシャ様」

リーシャは静かに意識を集中していく。

それと同時に、右手の甲にある赤い宝玉が淡《あわ》く輝いていく。

彼女はそれを見つめながら、自分に言い聞かせるように言った。

「お父様の形見《かたみ》のこの獣玉石《じゅうぎょくせき》が、私に力をくれる」

まるで赤い石が少女の力を増幅するように、リーシャの聖印が開き、五感は鋭く研《と》ぎ澄《す》まされていく。

元々、感覚が鋭い白狼族の嗅覚が極限まで高まっていく。

その時、何かを感じ取ったらしく、リーシャの小さな鼻がヒクンと動いた。

そして目を見開いた。

「そんな……」

サラは動揺している様子のリーシャに声をかけた。

「どうしたのです、姫様」

「お、お母様の匂いがするの」

それを聞いてサラも驚いたように言った。

「まさか、王妃様が生きておられるのですか？　あの日、迫りくるシュトハイドの軍勢を前に、我らは民を連れ、何とか追手を始末しながら国境を越えましたが、多くの者たちが散り散りになってしまった」

サラの言葉にリーシャは唇を噛む。

「ええ、お母様ともあの日はぐれてしまった。そして、追手から逃れたルディーリアの民をこの国の人間どもは容赦なく捕らえ、奴隷《どれい》にした。許せない、まさかお母様まで！」

「リーシャ様、何としても王妃様をお救いしなくては。どこにおられるかお分かりになりますか？」

「ええ、この廊下の突き当たりの、一番奥の部屋よ」

リーシャとサラがこの城に忍び込んだのは、仲間の獣人たちを救う為である。

ルディーリアを逃れ、エマたちと隠れるようにして人里離れた村に身を潜めていた彼女たちは、奴隷狩りによって捕らえられた仲間たちを救おうとしていた。

この国では獣人は珍しい。中でもルディーリアの民はその毛並みも美しく、高価で取引される。

数日前、奴隷狩りの手から逃れた仲間からその話を聞いた時、リーシャは怒りに震えた。

「許せない！　人間なんてみんな悪魔よ……絶対に許さない」

美しいルディーリアの大地を踏み荒らし、滅ぼしたシュトハイドの軍勢を思い出すと我を忘れそうになる。

リーシャは最後まで戦うつもりだったが、父王《ふおう》に、母や戦えぬ者たちを連れて逃げるよう命じられて、身を切られる思いでそれに従ったのだ。

「お父様……お母様や仲間たちは絶対に私が助け出すわ。お父様との約束を守ってみせる」

戦闘能力が高い白狼族の中でも、獣王と呼ばれ、特に強い力を持つ父王の才能を色濃く受け継いだリーシャ。彼女は、幼い頃から目を見張るような身体能力を持っていた。

その力は白の姫騎士と称えられるほどだ。

右手の宝玉は、父と別れる時に受け継いだルディーリアの秘宝である。

サラは注意深く、柱の陰から見張りの動きを確認しながら、奥の部屋の方を窺った。

「奥の部屋は、どうやら主であるヴァルフェント公爵の部屋のようですね。でも、どうして？　ヴァルフェントは城を出て留守のはずです」

リーシャは答えた。

「多分、公爵の留守を守っている一人息子のブラントだわ。奴隷狩りもあの男がやっているっていう話だもの。父親以上に残忍で傲慢な男だって聞くわ」

「公爵の息子ですか……どうしますか？　姫様」

サラの問いにリーシャは廊下の天井の梁《はり》を見上げる。

そして答えた。

「そうね、天井伝いに奥の部屋へ忍び込んで、上から中の様子を窺いましょう。隙をついてみんなを助け出すタイミングを見つけないと」

「ええ、そうですね姫様」

二人は頷き合うと、軽《かろ》やかに床と壁を蹴って天井の梁まで登る。

そして、天井裏に入り込める場所を見つけると、その隙間を伝って、慎重に気配を消しながら奥の部屋へと進んだ。

すると、部屋の中から怒鳴り声が聞こえてくる。

「ふざけるな！　それでは父上が死んだとでも言うのか!?　それも、あの第五等魔法格のクズに殺されただと！」

「は、はい……それだけではございません、ブラント様。一万の兵士の殆《ほとん》どが新王に投降したという話です」

「馬鹿を言うな！　お、おのれ裏切者どもめ。よくもそんな恥知らずな真似を。ただでは済まさんぞ！」

リーシャとサラはその会話の様子を、天井の隙間から覗き見る。

そこはまさに大国アルディエントの西方大領主の部屋に相応しい。

豪華で広い部屋には、贅《ぜい》を極めた調度品が並べられている。

王のみに座ることが許される玉座《ぎょくざ》のような椅子は、この居城の主、ヴァルフェントの傲慢さと自《じ》己顕示欲《こけんじよく》の象徴と言えるだろう。

だが、そこに座っているのはヴァルフェント公爵ではない。

年齢はまだ二十代前半だろうか、背が高くきざな風貌《ふうぼう》の男だ。

まるで自らが真の居城の主であるかのように鎮座《ちんざ》し、跪《ひざまず》いて戦況の報告をする兵士を怒鳴りつけた。

それでは気が済まないのか、椅子から立ち上がるとその兵士の顔を蹴り飛ばした。

「その顔は何だ！　貴様も裏切ろうとでも言うのか？　あり得ぬ、あってはならんのだ！　無能である第五等魔法格のクズが、国王だなどと……そんなことが許されて良いはずがない！」

「う、裏切るなどと、どうかお許しくださいませ！」

「おのれ、父上が王となり、この俺が尊きこの国の王子となるはずだったというのに！　どいつもこいつも役に立たぬ」

怒りが収まらぬ様子のブラントは、今度は椅子の傍に侍《はべ》らせている女性たちに喚《わめ》き散らした。

「何だその目は？　ん？　このまま、奴らがやってきて解放されるとでも思っているのか？　父上は油断されておられたのだ、そうに違いない！　そうでなければ、王となるべきこのヴァルフェントの当主がむざむざと敗れるはずがないわ！　ふふ、そうだ。連中がここに来たらこの俺が倒せば良い。簡単な話ではないか」

女たちは皆、首輪をつけられている。そして鎖《くさり》に繋がれていた。

彼女たちは全て獣人の女性だ。

獣人女性の買い手の大半は貴族の男である。

ブラントもその一人だった。

「特にお前は逃さんぞ、エスメルディア。お前は手に入れたばかりだ。それにしても、特別に美しいルディーリアの王妃が手に入るとはな。死んだ夫の代わりに俺がこれからも可愛がってやろう」

「や、やめて！　無礼ではありませんか」

首輪をつけられた女性の中でも一際美しい女性は、エスメルディアと呼ばれている。

天井裏からでも、ブラントに抱き寄せられて必死に逃れようと身をよじらせているのが見えた。

その拍子に、白狼族の白く大きな尻尾が揺れる。

「お母様！　よくもお母様に!!」

それは紛《まぎ》れもなくリーシャの母親だ。

リーシャは怒りのあまり拳を握り締める。

サラも怒りに震えたが、出来るだけ冷静な声でリーシャに尋ねた。

「踏み込みますか？　それとも、アルディエントの新王とやらを待ちますか？　連中の話通りならヴァルフェント公爵の軍勢を破り、こちらに向かっているようですから。新王ルオ・ファルーディアは英雄帝レヴィンの再来と呼ばれているとか。リスクを冒《おか》して二人で事をなすよりは、一度城を出て、彼らに接触するのも手かもしれません。話が通じる望みはあるかと」

それを聞いてリーシャは唇を噛みしめた。

「冗談じゃないわ、サラ。誰が人間なんかと！　私は人間なんか絶対に信じない!!」

「姫様……」

リーシャの固い決意が込められた横顔に、サラは覚悟を決める。

王女の言葉に頷くと代わりに提案した。

「危険はありますが、二人で踏み込みましょう。私とリーシャ様であの男を倒すのです。奴を人質《ひとじち》にとって皆と共にここから脱出しましょう」

サラの提案にリーシャは大きく頷いた。

「そうね、サラ。ありがとう、いい作戦だわ」

「いいえ、姫様。では、合図をしたら、まず私が部屋の中に飛び降りて撹乱《かくらん》しますから、その隙に姫様はあの男を捕らえてください」

「分かったわ、サラ」

二人は作戦を定めると、天井裏から音も立てずにふわりと天井の梁の上に身を翻《ひるがえ》す。

そして、目配せをして、お互い別々の場所へと移動した。

サラは、ブラントが座っている場所からは遠い梁の上に身を潜める。

作戦通り先に騒ぎを起こして、部屋の中の人目を引く為だ。

その後、サラに気を取られたブラントの後ろに、リーシャが舞い降りる算段だ。

(行きますよ、姫様！)

二人は作戦開始のアイコンタクトをした。

(ええ、サラ！)

と、同時にサラが音もなく部屋の入り口付近に着地する。

「はぁあああ!!」

サラの体が、青い闘気《とうき》に包まれていく。

獣人族は魔力を持たない。

だがそれに近い力である独特の獣気という力を持っている。

サラはその力で、肉体を活性化させて鮮やかに周りの兵士たちを打倒していく。

「な！　なんだ!?」

「曲者《くせもの》だ!!」

部屋の中が大騒ぎになる。

ただでさえこの城の主の訃報《ふほう》がもたらされたばかりなのだから、それも混乱に拍車をかけていく。

「何者だ！　まさか、新王の軍勢か!?」

「ひっ!!」

「も、もうこの城の中に!?」

西方の雄《ゆう》と呼ばれたヴァルフェント公爵さえ敗れ去ったのだ、兵士たちの動揺も頷けるだろう。

そんな中ブラントが叫ぶ。

「落ち着け愚か者が！　よく見るのだ、その女は獣人ではないか。くくく、どうやら仲間を助けにでも来たようだな。面白い、第五等魔法格のクズが来る前に遊んでやろう」

そう言ってブラントが構えたのは、銃の形をした魔道具だ。

かつて、十傑会のギリアムが使ったライフル式のものではなく、筒《つつ》が短く連発が利く回転式になっているのが分かる。

「舐《な》めるなよ獣が。このヴァルフェント家に伝わる魔道具の一つ、連魔銃《れんまじゅう》の力を見せてやろう」

ブラントが魔銃の引き金を引こうとした時――

気配を消したまま、彼の真後ろに少女の人影が舞い降りる。

その手に握った剣がブラントの喉元に突き付けられた。

「武器を置きなさい。死ぬわよ？」

鋭くブラントを睨むと、リーシャはそう言い放つ。

突然背後に現れたリーシャに、ブラントは引き金を引く指を止めた。

その喉には剣の刃が食い込み、僅かに血が流れ出している。

彼女が本気だという証だ。

「お、おのれ小娘が！　どこから現れた⁉」

サラはもちろんだが、いくら獣人とはいえ、白の姫騎士と呼ばれたリーシャでなければこれほど鮮やかには出来なかっただろう。

まだ魔銃を手にしているブラントに、リーシャはもう一度警告する。

「いいから早くその武器を捨てなさい！　私は本気よ？」

リーシャの剣の刃が、さらに強くブラントの喉に押し当てられた。

「お、おのれ！」

ブラントは歯ぎしりをしながら銃を床の上に投げ捨てる。

リーシャはブラントを人質に取ったまま、部屋にいる兵士たちに言う。

「貴方達もよ！　武器を捨てなさい。こいつがどうなってもいいの？」

兵士たちは武器を床に置いた。

同時に、周りにいる獣人の女性たちは一斉に声を上げる。

「リーシャ様！」

「それにサラも!!」

「一体どうしてここに!?」

リーシャは彼女たちに頷く。

「みんなを助けに来たのよ。もう安心して、急いでここから逃げましょう！」

そして、母親であるエスメルディアにも声をかける。

「さあ、お母様も、急いで！」

突然現れた娘の姿に呆然としていた王妃は涙ぐんだ。

「リーシャ！　生きていたのですね……ああ、神様」

思わずエスメルディアは神に祈る。

一年前に生き別れ、お互いに死んだと思っていたのだから当然だろう。

だが、感激の再会を祝っている暇はない。

サラは、仲間たちの傍にいる兵士から鍵を奪い取ると、彼女たちを繋いでいる鎖を外し、首輪も外していく。

だが――

「王妃様の首輪の鍵はどこだ？」

兵士は他の獣人たちを解放する鍵は持っていたが、エスメルディアのものはそこにはない。

リーシャも兵士を睨むと言った。

「早く出しなさい！　こいつがどうなってもいいの⁉」

ブラントの喉に当てた剣に力を込める。

兵士は慌てたように声を上げた。

「な、ないのだ！　その女の首輪と鎖の鍵はない。ブラント様がその女は特別だとおっしゃられて、特製の魔道具を使っているのだ」

「なんですって⁉」

思わず動揺してリーシャは声を上げる。

それを見て、ブラントは笑った。

「くくく、馬鹿め。俺を舐めるなよ、この小娘が！　剣をどけろ、そうしなければお前の母親が死ぬぞ」

その言葉と同時に、エスメルディアは首輪を押さえて苦しみ始める。

「お、お母様‼」

「王妃様‼」

リーシャとサラが上げた悲鳴を聞き、ブラントは満足そうに笑った。

「その首輪は俺が外さぬ限り、絶対に外れぬ。この俺の魔法紋《まほうもん》自体が鍵となっているのだからな。それだけではない、俺が念じれば魔力に反応して首が締まっていくぞ。ふは、ふはは！」

魔法紋とは魔力における指紋《しもん》のようなものだ。

人それぞれに固有のもので、同じものはない。

首輪に強く首を締め上げられ、獣人の王妃はその美しい体を身もだえさせながら床に倒れた。

「いいのか？　放っておけば死ぬぞ。たとえ俺を殺しても、その首輪は女が死ぬまで締め付けるだけだ」

気を失いかけている母親を見て、リーシャは叫んだ。

「や、やめろ！　分かった。武器を捨てるわ」

「姫様！　くっ……」

リーシャが剣を床に投げ捨てるのに倣《なら》って、サラも手にした剣を床に置く。

それを確かめると、ブラントはエスメルディアの首を絞《し》めている首輪の力を緩めた。

「この女は特に貴重な獣人奴隷だ。俺も殺すのは惜しいからな」

そしてブラントは自分の喉元を撫でると、手についた血を眺め、そのままリーシャの頬を強く平手で殴る。

「うぁ!!」

かわせば母親がどうなるかを悟って、リーシャはただ殴られるしかない。

床に転がる王女の姿を見て、エスメルディアとサラたちが悲痛な声を上げた。

「リーシャ!」

「姫様!!」

「小娘の分際で、よくも尊いこの俺に血を流させたな。その罪が万死《ばんし》に値《あたい》することを教えてやろう」

口元から血を流すリーシャに向けて、ブラントは連魔銃の銃口を向ける。

そして舌なめずりをすると言った。

「逃げるなよ。逃げれば母親がどうなるか、分かっているだろうな?」

冷酷で残忍なその目つき。

この男が本気であることを察して、エスメルディアはリーシャに叫んだ。

「リーシャ! 逃げて頂戴《ちょうだい》! 私のことはどうなってもいいのです、貴方だけは!」

目の前で娘が撃ち殺されるなど、悪夢でしかないだろう。

自分の命に代えても救いたいと願うのは、母親として自然なことだ。

だが、彼女の心からの叫びを聞くと、ブラントはさらに楽しそうに首輪に魔力を込める。

「ぐぅう!!」

「やめて！　お母様!!」

首輪を押さえて蹲《うずくま》る母親に、今度はリーシャが悲痛な声を上げる。

「黙っていろ。お前は後でゆっくり可愛がってやる。そこでこの小娘が撃ち殺されるところを見ていろ」

ブラントの額に聖印が浮かび上がっていく。

腐っても西方の雄と呼ばれ、多くの英雄を輩出《はいしゅつ》してきたヴァルフェント家の男だ。

その魔力は強力である。

「くくく、母親に似て綺麗な顔をしているな。まずはその小生意気な顔を撃ち抜いてくれるわ」

そして、強力な魔力が連魔銃の中に込められていく。

「やめろ！　やめてくれ！　私が代わりになる。だから姫様だけは……」

サラも兵士たちに押さえつけられ、動くことが出来ない。

「黙れ、この下郎が！　この俺に逆らう者がどうなるか教えてくれるわ。くく、お前は主人であるこの小娘を殺した俺の奴隷として、一生飼われるのだ」

サラにとってそれが死ぬよりも辛いことだと知っているのだろう。

下卑《げび》た笑いを浮かべてサラを眺めている。

「き、貴様ぁ！」

「喚くな。そこで大人しく小娘が死ぬところを眺めていろ」

この男が、あと少し指を動かして引き金を引けば、リーシャの命はないだろう。

二人の距離は十メートルもない。

仮に母親を人質に取られていなくても、かわすことが出来るとは思えない。

リーシャは目を瞑《つむ》る。

(悔しい……こんな男に殺されるなんて。まだ、お父様の仇《かたき》も取れてないのに。お母様や仲間たちを助けて、みんなで前みたいにルディーリアの大地で暮らしたい。悔しいよ、お父様)

リーシャの瞳から涙が零《こぼ》れた。

一年前国を滅ぼされ、父親が死んだ時も流したことがない涙だ。

王女である自分が涙を流しては、皆が動揺する。

だからリーシャは少女であることをやめた。

いつだって強い王女でいなくてはいけない。

不安で仕方ない、泣き出したいことだってある。
そんな自分を王女という殻《から》の中に押し込んで。
でも、死ぬ時ぐらいは――
「姫様ぁあああ!!」
ブラントが手にする連魔銃の銃声が何度も鳴り、サラの悲鳴が部屋に響いた。
(私、死んだの？)
リーシャは思う。
一瞬の出来事だったのだろう、痛みすら感じない。
ただ悔しさだけが残って、涙が止まらない。
リーシャはそっと目を開いた。
そこには一人の男が立っていた。
まだ年は若い。
リーシャと比べても二つか三つしか違わない、少年と言ってもいいだろう。
いつの間に現れたのだろうか。
少年はリーシャを守るように、彼女に背を向けて立っている。
その足元には、ブラントの銃から放たれた弾丸が落ちていた。

(何なのこれ……)

それはただ落ちているのではない。

何か鋭利な刃物に切り裂かれて、進む力を失ったかのように床に転がっているのだ。

それは凍り付くと、粉々に砕け散る。

サラが呆然と呟くのが聞こえる。

「だ、誰なの……嘘、あの弾丸を切り落としたとでも言うの？」

もしそうだとしたら、目の前の少年は超人だ。

氷のように冷たく、炎のように激しく燃える青い瞳が静かにブラントを射抜いている。

「どうした、それで終わりか？」

その言葉に、ブラントは少年に向かって吠えた。

「な、何だと！　き、貴様!!」

少年は静かにブラントを眺めて口を開く。

「父親といい息子といい、くだらん玩具《おもちゃ》を振り回す外道どもだ」

少年の青い瞳とその言葉に、周囲の兵士たちは声を上げる。

この地にやってくる者たちが口々に語る話を、兵士たちも知っていた。

噂話には尾ひれがつくと言うが、今回だけは噂の方がまだ真実には足りないと彼らは思った。

「ま、まさか……」

兵士たちの疑問に答えるように、部屋の入り口から声がする。

「ええ、そのまさかよ。死にたくなければ武器を置くことね。貴方達の主の公爵はもう死んだわよ」

そこにいるのは赤髪の少女だ。

その額には真紅の魔聖眼が浮かび上がっている。

「どうしてもヴァルフェントの後を追いたいなら相手をしてあげるわ」

赤い色をした魔力が少女を覆っており、そして、それが彼女の肉体を活性化しているのが分かった。

少年と少女の姿を認め、兵士たちは後ずさる。

「ルオ・ファルーディア陛下、それに赤の薔薇姫！」

最強と呼ばれた三英雄の筆頭であるゼギウスを倒したルオと、いつもその傍にいる美しい赤毛の少女である。

この国でその名を知らぬ者はいないだろう。

ブラントはそれを聞いて、逆上した。

「き、貴様がルオ・ファルーディアだと!? この、第五等魔法格のクズめが！ 死ねぇぇえええいい!!」

喚き散らしながらブラントは魔銃を連射する。

リーシャは見た。

凄まじい速さで飛来する銀製の弾丸を、こともなげに空中で切り落とすルオの剣捌《けんさば》きを。

それだけではない。弾丸を切り落としながら、平然と足を踏み出すその姿に驚愕する。

少年にサラは見惚れた。

(なんて強さなの。ルオ・ファルーディア、これがアルディエントの新しい王……)

あまりの光景に、ブラントは半狂乱になった。

もう弾倉《だんそう》が空になっているのに引き金を引き続ける。

「く、来るな!　こ、この女が死ぬぞ!　それ以上近づけばこの女の首輪が!!」

ブラントはエスメルディアの方を向き、その首輪に魔力を込めようとする。

ルオは真っすぐにブラントを見据えると尋ねた。

「首輪、どの首輪のことだ?」

「な!　なにぃいいい!?」

その瞬間——

リーシャの母親の首を締め上げているはずの首輪は、ゴトリと音を立てて床の上に落ちる。

ブラントは目を見開いた。

「そんな、どうしてだ？　その首輪は俺以外には外せんはずだ！　ま、魔法紋が同じでなければ」

その言葉にルオは肩をすくめた。

「魔法紋がどうした？　お前のように単純な男の魔法紋を真似ることぐらい、数秒もあれば事足りる話だ」

地面に落ちた首輪の鍵の部分には、いつの間にか、不思議な形の魔法陣と数式が描かれている。

しかも魔法陣は、まるで生き物のように形を変え、数式も刻々と書き換えられていく。

人には決して使いこなすことが出来ないと言われた、複雑に変化する劣等魔力。

それすら数式化して、揺れ動く魔力を正確に把握するのが神言語術式の基礎だ。

それに比べたらこの男の魔法紋をコピーすることなど、ルオには容易《たやす》いことだろう。

最も厳重なはずの鍵も、この男にだけは通じない。

「確かにジークに比べたら、こいつのは単純そうね」

かつて、ルオが仮面を被りジークの姿を偽った時、その魔法紋すら完全にコピーしたことをフレアは思い出してそう言った。

部屋の入り口から別の女の声がした。

「人間の魔法紋を術式化するとはね。相変わらず、常識っていうものを知らないね、坊やは」

トレードマークの白銀の鎧を着るエルフの女騎士の姿に、ブラントは呻いた。

「ディアナ・フェルローゼだと！　ぐぅ、王国の守護天使がこんな第五等魔法格のクズに何故従う!!」

ディアナは冷たい目でブラントを眺めると答える。

「うるさい男だね。クズはあんただろう？　私は男を見る目は確かなんだ。諦めるんだね、城の周りは騎士団で囲んでいる。あんたはもう終わりだよ。父親との共謀での反逆罪だけじゃない。その銃で国王の命を堂々と狙ったんだ、重罰を覚悟するんだね」

「お、おのれ！　おのれぇええええ!!」

暫くすると、ディアナの配下の騎士たちが次々と部屋の中に駆け込んでくる。

ディアナは彼らに言った。

「そいつを縛り上げて連れていくよ。今回の一件で聞きたいことは山ほどある。あの時死んでれば良かったと思うぐらい搾《しぼ》り上げてやるさ」

ディアナは部下にブラントたちの身柄を預けると、ルオにウインクをしてその場を立ち去る。

獣人たちは呆然として、自分たちを助けてくれた少年を見つめる。

この国に来て、自分たちを助けてくれた人間などいなかった。

リーシャはぺたんと座り込んだまま、少年の顔を見つめていた。

「リーシャだな。お前と一緒に暮らす村人たちから話は聞いた。仲間を救う為とはいえ、二人で城に潜入するとは無茶が過ぎる」

それを聞いてフレアが呆れたように言った。

「はぁあ？　無茶が過ぎるって、それあんたが言う？　ルオ。でも良かったわ、村の人たちの話を聞いてすぐに精鋭部隊でこちらに向かわなければ、間に合わなかった」

ルオは肩をすくめるとリーシャに手を差し出す。

リーシャは慌てて流した涙をぬぐった。

死を前にして最後に王女の仮面を外して、涙を流したところを見られたのが恥ずかしく思えたからだ。

「行こう、エマが待っている」

無愛想な少年だが、その言葉には優しさが感じられた。

初めて会った獣人である自分を、まるで仲間のように見つめている。

そもそも、誰かに話を聞いただけで、こんなところに救いに来てくれる者がいるだろうか。

（ううん、人間なんてみんな同じよ……私は絶対に信じない）

リーシャはそう思いながらも、差し出された手をいつしか握っていた。

# 4、小さな手で

リーシャの手を握ったルオの周りに、囚われていた獣人の女性たちが集まってくる。

そして、口々に礼を言う。

「ああ、姫様！　よくご無事で」

「姫様をお救いくださって、ありがとうございます！」

「このご恩は忘れません！」

サラもリーシャに駆け寄り、抱き合って無事を喜びあう。

「姫！」

「サラ！」

そして、傍に立って涙を流している母エスメルディアと固い抱擁《ほうよう》を交わした。

リーシャも一人の少女に戻って涙を流す。

「お母様！　お母様!!」

「ああ、リーシャ……生きてまた貴方に会えるなんて。神に感謝いたします」

エスメルディアはもう一度娘の体を強く抱きしめた後、ルオの方を向いた。

そして、床に膝をついて深々と頭を下げる。

「貴方様がルオ・ファルーディア陛下。ご高名はかねがね伺っております。私はエスメルディア。リーシャの母でございます。この子や仲間たちをお救い頂きましたこと、心よりお礼を申し上げます！」

「気にすることはない。どうせこの城は落とすつもりだったからな。一つ仕事が早まっただけだ」

自分たちに気を遣わせないようにそう言ったのだろう。

少し無愛想な顔でそう語る少年に、エスメルディアはもちろんだが、傍にいる獣人の女性たちは皆好ましいものを感じた。

皆エスメルディアがしたように、ルオの前に跪いて深々と礼をする。

「ルオ様、ありがとうございます」

「私たち、このご恩は一生忘れません！」

サラもその場に膝をついて、涙を流しながら言った。

「王妃様や姫様をお救い頂きましたこと、感謝いたします！　きっとこのご恩は私の命に代えましても！」

ルオは肩をすくめると踵を返す。

「やめてくれ。言ったはずだぞ、気にすることはないと。それよりも、ルディーリアから逃れた者を他にも保護している。丁度こちらに向かっているだろう。今から合流するつもりだが一緒に来ないか？」

エスメルディアたちは顔を見合わせると大きく頷いた。

「はい！　ぜひとも」

「ああ、他にも生きていた仲間たちがいるのね！」

「ルオ様、どうか会わせてください」

奴隷として捕らえられていた獣人族の女性たちは、喜びを分かち合う。

サラはリーシャの手を握って言う。

「さあ、姫様。参りましょう。ルオ・ファルーディア陛下、英雄帝レヴィンの再来と言われているとは知っていましたが、これほどのお方だとは」

興奮気味のサラと異なり、リーシャは床を見つめた。

あの魔銃の弾丸さえ切り落とす男。

そして、自分たちを助けたことを恩に着せるでもなく、まるでこともなげにしている。

勝気で責任感が強いリーシャだ。

母や仲間を救ってくれたことへの感謝の気持ちは誰よりも強い。

もっと素直に礼を言わなくてはいけないことも分かっている。

でも……

「どうしたのです？　リーシャ様」

「ううん、何でもない」

そう言って俯くリーシャの姿を、サラは不思議そうに見つめた。

暫くするとリーシャは顔を上げた。

「行きましょう、サラ」

「はい！　リーシャ様」

リーシャの様子が少し変だったのは、自分の勘違いだろうとサラは思った。

ルディーリアが滅んでから一年。

散り散りになった仲間たち、そして王妃とも再会することが出来た。

凛とした美貌を持つ青狼族の女騎士は、自分たちの前を歩く少年王の背中を見つめる。

（ルオ・ファルーディア陛下か、なんて素敵な方だ）

自分よりも年下の男にそんな感情を抱いたことがない。

サラは思わず赤面して、それを誤魔化すかのようにリーシャの手を引くとルオの後を追う。

「さあ、姫様！」

「わ、分かっているわ、サラ」

城の中はもうアルディエントの騎士団員たちが占領している。

ブラントは城の一室に幽閉《ゆうへい》されて、これから取り調べを受けるようだ。

投降した兵士たちの中には、まだ城の中に立てこもる兵士たちの説得にあたっている者もいる。

その説得に応じて、次々に投降する兵士たち。

そんな姿を眺めながら、リーシャたちは城の廊下を歩いていく。

城の外に出ると、ルオはリーシャやサラの為に馬を用意する。

そして、王妃や他の女性たちの為に馬車を用立てた。

伝令らしき兵士と何やら話し込み、そして言う。

「どうやら、この城の東の丘に、騎士団の本隊が一時的な駐留地を作ったようだ。明日には多くの者がこの城に入ることになるが、今日は殆どの者がその丘で夜を明かすことになるだろう。ルディーリアの者たちもそこにいるそうだ」

フレアは、自分専用の見事な赤毛の馬に軽やかに騎乗すると、獣人たちに言う。

「みんなも会いたがっていると思うわ。さあ、行きましょう！」

その言葉に、皆大きく頷く。

ルオが専用の白馬に乗ると、リーシャやサラも用意された馬に乗って馬車の護衛も兼ねて後に続いた。

馬で城から一時間ほど行くと、小高い丘が見えてくる。

そこには夜を明かす為の軍用の天幕《てんまく》が幾つも張られていた。

辺りを照らす月明かりの中、丘の上に馬を進めていくと、こちらの様子に気が付いたのか、沢山の人々が駆けてきた。

その多くは獣人たちだ。

リーシャのことをルオに話した、ミレーヌや長老たち。

そして、エミリアに手を引かれて歩くエマの姿も見える。

ルオやフレアと並ぶようにして馬に騎乗するリーシャやサラを見て、歓声を上げる村人たち。

リーシャはそれに手を振って応える。

そして、鮮やかに馬から飛び降りると、村人たちのところへと走り出した。

「みんな！」

そんな彼女に村人たちは駆け寄った。

「リーシャ様！」

「ああ、姫様。よくぞご無事で」

「サラも無事で良かった！」

抱きしめ合って無事を確かめる村人とリーシャたち。

一年前、国が滅びてからは身を寄せ合って暮らしてきたのだ。

そこには王女と民を超えて、もう家族のような絆がある。

そして、二人を連れてきてくれたルオたちに、村人たちは感謝の言葉を伝える。

「ルオ様！　ありがとうございます」

「フレア様にも感謝いたします！」

村人たちに囲まれるルオとフレア。

そんな中、少し遅れてエマの手を引いたエミリアがやってくる。

「ルオ様、おかえりなさい！」

「ああ、エミリア。留守の間、こちらの指揮を執ってもらって助かった」

その言葉に、エミリアは笑いながら首を横に振った。

「ジークがいましたから」

エミリアが後ろを振り返ると、天幕が沢山張られた駐留地の入り口で、ジークがこちらに頭を下げている。

ルオはそんな彼に軽く手を振った。

一方エマは、無邪気にリーシャに抱きつくとその体に頬を摺《す》り寄せる。

「リーシャお姉たま！」

「エマ……」

リーシャはエマの頭を撫でた。

放浪生活の中で皆に笑顔をくれたのはエマだ。

リーシャにとってはもう本当の妹のように大事な存在である。

エマはリーシャにしっかり抱きしめてもらった後、ルオの傍にやってきて頭を下げる。

「王たま！　お姉たまを連れてきてくれてありがとです」

「ああ、約束したからな」

すっかりルオに懐いているエマを見て、騎士たちも獣人たちも皆思わず頬を緩ませた。

そんな中、ルオたちに遅れてやってきた馬車が近くに止まり、その中から、公爵邸に捕らえられていた王妃エスメルディアや獣人の女性たちが姿を見せた。

サラが村人に、彼女たちを救い出したことを報告する。

そして、リーシャの母親である王妃が生きていたことも。

思わぬ吉報に喜ぶ村人たち。

ミレーヌも、リーシャとエスメルディアの姿を見つめて涙を流した。

「ルオ様、本当にありがとうございます。またこのように再会を喜び合える日が来るなんて、夢のようです」

エスメルディアも頷くと、改めて深く頭を下げる。

「皆から聞きました。彼らのこともお救いくださったと。そして、皆のことを自らの民だと仰ってくださったことを。ルディーリアの元王妃として、心からお礼を申し上げます」

村人や新たに救い出された獣人たちも、エスメルディアの言葉と共に、一斉に傍で膝をついてルオに礼をした。

ただ一人、リーシャを除いては。

サラはルオの前に膝をつきながら、隣で立ったまま唇を噛みしめるリーシャに気が付いた。

そして声をかける。

「どうしたのですか？　姫様」

そういえば、先程もリーシャの様子が少し変だったとサラは思い出す。

そんなサラの眼差しに、リーシャは拳を握り締めた。

「な、なんでもないわ……私、少し一人になりたいの！」

そう言うと、リーシャはそこから逃げるように走り出した。

エスメルディアや村人たちも、丘の上へ走っていくリーシャの背中を驚いて見送るしかない。

エミリアが心配そうに言う。

「リーシャ王女、どうしたのでしょうか？」

エマも、リーシャが急に駆け出してしまってしょんぼりとしている。

「お姉たま」

エスメルディアがルオたちに頭を下げる。

そして、娘が走り去った方向を見て口を開いた。

「申し訳ありません。ご存じのように我が祖国ルディーリアは、黒騎士王ジャミルが率いるシュトハイドによって踏み荒らされ、滅ぼされました。あの子は戦いが始まって以来、人間など決して信じられないというのが口癖で。我らをお救いくださったルオ様たちに対して、まだ素直になれないのだと思います。落ち着いたら後でよく言い聞かせますから」

フレアはそれを聞いて頷いた。

「確かに分からなくもないわね。私が同じ体験をしたら、絶対に人間を許さないっていう気持ちになるもの」

似たところのあるフレアには、リーシャのことがよく分かるのだろう。

そしてルオに言う。

「暫く一人にしてあげましょう」

「ああ、そうだな」

その後、新たに救い出された者たちの為にも、夜を明かす用の天幕が割り振られる。

夜は次第に更《ふ》けていった。

そんな中、リーシャは駐留地から少し離れた丘の上で空を見上げていた。

そこにあるのは美しい星空だ。

大きな夜空を見上げた後、リーシャは自分の小さな手を見つめた。

「傷だらけね」

この一年、自分なりに一生懸命やってきたつもりだ。

国が滅んだあの時も、皆を逃がす為に命がけで戦った。

だが、自分だけでは母や仲間たちを公爵の城から救い出せなかったであろうし、村人から聞いたが、もしルオがいなかったら、ヴァルフェント公爵の手で村人たちの多くは殺されていたかもしれない。

良かれと思ってやってきたことも、自分の手には負えないことが多い。

リーシャは右手のガントレットに嵌め込まれた獣玉石を見つめて、もう一度空を見上げた。

(お父様。私の小さな手じゃ何も守り切れない。お父様との約束も私だけじゃ……)

思わず涙が零れた。

その時——

「どうした、こんなところで。みんなが心配しているぞ」

リーシャが振り向くと、そこにはルオが立っていた。

相変わらず無愛想な顔でリーシャを見つめている。

リーシャは唇を噛みしめると、涙を拭いて叫ぶ。

「一人にしてって言ったでしょ！」

自分を、母親を、そして仲間を助けてもらったことは分かっている。

でも、ルオの顔を見ていると叫び出したくなる。

「私は貴方みたいな天才じゃないの！　私には誰も救えない、私の小さなこの手じゃ誰も救えないのよ!!」

天才、彼はまさにその言葉通りだろう。

リーシャにはそう思えた。

あの魔銃の弾丸を、こともなげに切り落とした技の冴え。

天才と呼ばれる者にだけ許される絶技《ぜつぎ》に思えた。

この歳で大国アルディエントをまとめ上げ、英雄帝レヴィンの再来と呼ばれているほどだ。

まさしく天才の名にふさわしい男だろう。

ルオは空を見上げた。

そして静かに口を開く。

「天才か。かつて一人の幼子がいた。その幼子は僅か五歳の時に第五等魔法格と判定され、無能の烙印を押され家を追われた」

ルオの言葉に、リーシャは思わず彼の顔を見つめた。

それは紛れもなく、今や伝説となりつつある、彼自身の話だからだ。

「家を追われた彼には何もなかった。不安と絶望の中で蹲り、足を止めようとした時に一冊の本を見つけた」

ルオの手にはいつの間にか、一冊の本が握られている。

「その本を書いた男は絶望の中でも決して前に進むことをやめなかった。俺はそれを知った時に、もう立ち止まることをやめた」

「ルオ……」

リーシャはルオを見つめる。

そして気が付いた。

この少年は天才などではないのだと。

絶望の中を、その先にある光を信じて、ただひたすら歩き続けただけなのだと。

ルオはリーシャを真っすぐに見る。

「国が滅び、絶望しかない中でもお前は前に進むことをやめなかった。こいつが笑顔でいられたのも、そんなお前の姿を見ていたからだろう？」

その時、ルオの後ろから、エマがちょこんと顔を出す。

そして指を咥えると心配そうにリーシャを見上げた。

「リーシャお姉たま、いつも頑張ってるです。だからエマも笑顔で頑張るです！」

その言葉を聞いて、リーシャはボロボロと涙を流した。

自分がやってきたことは無駄ではなかったのだ。

そう思えて、リーシャはエマに向かって微笑んだ。

エマは、笑顔になったリーシャを見て嬉しそうに耳を立てると、尻尾を揺らした。

そして言う。

「お姉たまもカレーを食べるです！　そしたらもっともっと元気になるです！」

エマの言葉にリーシャは首を傾げた。

「カレー？」

「そうなのです、元気が出る魔法のご飯なのです！」

エマは余程カレーが気に入ったのか、一生懸命力説《りきせつ》する。

その姿が愛らしくてリーシャは再び笑顔になった。

エマはルオを見上げて言う。

「王たま。まだカレーあるですか？　リーシャお姉たまにも食べてもらいたいのです」

そんなエマの頭にルオは手を置くと、二人に言った。

「そうだな。エミリアに聞いてみるか。急な出撃だったからな、まだ幾らか残っているだろう」

「はいです！　王たま」

リーシャにカレーを食べてもらえるのが嬉しいのか、エマは二人の前をちょこちょこと天幕の方へと駆けていく。

それを眺めながらルオは軽く肩をすくめ、歩き始める。

リーシャはその隣を歩きながら、ルオに言った。

「ありがとう、ルオ。私はもう立ち止まったりしない。だから、私に戦い方を教えて。私はもっと強くなりたいの」

そして、小さな手をぎゅっと握り締める。

「この手で、いつだってみんなの笑顔を守れるようになる為に」

リーシャはそう言って笑った。

その笑顔は、もう迷いがなくとても可憐で美しかった。

## 5、森を駆け抜ける風

「はぁあああ!!」

リーシャたちが救出されてから三日後、残忍を極めたヴァルフェント公爵の居城は、すっかりルオたちの拠点となっていた。

中庭にある軍用の練兵所《れんぺいじょ》では、一人の少女が気合を入れながら集中力を高めている。

白く大きな狼耳と尻尾が特徴の美少女、リーシャである。

右手の黄金のガントレットに嵌め込まれた獣玉石が、リーシャの獣気の高まりにつれて、赤い光を増していく。

同時に、彼女の額に聖印が開いていった。

まだそのさらに上の力である魔聖眼を開眼することは出来ないが、白の姫騎士の名に相応しい力を周囲に放っている。

そして、目の前に立つ少年を見据えると言った。

「行くわよ!　ルオ」

「ああ、いつでも来い。リーシャ」

ルオに頷くと、リーシャは凄まじい速さで彼に向かって踏み込んだ。

「はぁああ！　白狼烈牙《はくろうれつが》!!」

リーシャの体は加速すると、その技の名の通り、まるで白い狼の牙のように鋭い突きを何度も繰り返す。

通常の相手ならその全てが必殺の一撃になるはずだ。

あまりのスピードに無数の残像を生み出すその突きを、ルオは冷静に受け流していく。

「いいぞ、リーシャ。以前よりも集中出来てるな」

リーシャの攻撃を全て受け流してそう口にする。

そして、リーシャはすれ違った後、華麗にターンしてルオに向き直る。

そのしなやかで軽やかな動きは、獣人特有のものだろう。

動きが曲線的で読みにくい。

それがリーシャの強みでもある。

リーシャは肩で息をしながら、再び構える。

「当然よ！　殺す気でやってるもの」

「……おい、物騒《ぶっそう》だぞ」

苦い顔をするルオを見てリーシャは明るく笑った。

「ルオじゃなかったらやらないわよ。貴方は、殺そうとしたって死なないもの」

それを聞いてルオは呆れる。

「やれやれだな」

「まだ休憩には早いわ！　もう一度行くわよルオ‼」

リーシャはそう言って再びルオにバトルを挑む。

そんな二人の様子をフレアとディアナが眺めていた。

「へえ、リーシャもなかなかやるものね」

「それにしても、熱心だね。リーシャもどうやら吹っ切れたようだし。坊やと、何かあったのかね？」

「さあ？」

それを聞いてフレアが肩をすくめる。

「ふふ、気になるかい？」

ジト目で迫るディアナを眺めながら、フレアは溜め息をついた。

「あんたじゃあるまいし、気にならないわよ。ルオにとっては妹みたいなものでしょう？　歳だってまだ十三だし」

「ふ～ん。余裕だねフレア。でも、母親のエスメルディアを見ただろ？　出るところは出た美女だよ。リーシャだって後三年もしたらどうなるか分からないさ」

ディアナはそう言いながらフレアの胸を眺める。

「……まじで殺すわよ、ディアナ」

「怖いねえ。ふふ、冗談はさておき、いいことだね。あれから他にも隠れていた獣人たちが、リーシャたちの噂を聞いて姿を現した。彼らにとっては、リーシャは大事な希望の星だ。ルディーリア復興《ふっこう》の夢だってあるだろうしさ」

「ルディーリア復興ね。でも、今のあそこは西の大国シュトハイドが治めている土地よ。下手したらこの国とシュトハイドの戦争になりかねないわ」

フレアの言葉に、ディアナも真顔になって頷く。

「確かにね。坊やがいるとはいえ、シュトハイドの黒騎士王ジャミルには気を付けた方がいいかもしれない。あの男は野心家だって聞いている。何か良からぬことを考えていないとも限らないからね」

「その意味でも、アルディエントの西方にあたるこの場所を安定させることは大事だわ。暫くはこの城を中心に活動することになりそうね」

ディアナはそれに同意すると笑った。

「ジュリアスの奴は文句を言いそうだけどね。都の面倒ごとはすっかりジュリアス任せだからね」

「ふふ、そうかもね。でも何だかんだ言って楽しそうに仕事してるんじゃない？　一時的とは言っても、ルオの代わりが出来るのはジュリアスぐらいのものでしょ」

「だね。政治は肩が凝りそうで私には出来そうもないよ」

「同感」

フレアたちがそんな話をしていると、エミリアとマリナが、エマを連れて王宮の中から中庭にやってくる。

護衛騎士のグレイブも一緒だ。

彼は大きな鍋を持たされて、こちらに運んでくる。

そしてマリナはおひつのような、木で出来た入れ物を抱えていた。

エミリアとエマはそれぞれお皿とスプーンを持っている。

「みんな、お昼御飯よ。外で食べるのも悪くないと思って、厨房からみんなの分も持ってきたの」

エマもエミリアの真似をして言う。

「持ってきたのです！」

この城の近くに獣人たちの居住地を作る為に、村の人たちは働いている。

母親のミレーヌもその一人なので、その間、城でエマを預かっているのだ。

ディアナとフレアはエミリアたちに礼を言うと、ルオとリーシャに声をかけた。

「坊や、エミリア様たちがお昼を持ってきてくれたよ」

「そろそろ休憩したらどう？」

その声に、ルオとリーシャも模擬戦闘を中断して皆のところにやってくる。

エミリアが手ぬぐいをルオに渡す。

「ルオ様、ご苦労様です」

「ああ、ありがとうエミリア」

「ふふ、どういたしまして」

二人を見上げながら、エマはリーシャに手ぬぐいを渡した。

「はいです、リーシャお姉たま。ご苦労さまなのです」

「ご苦労様って。ふふ、ありがとうエマ」

「どういたしましてなのです！」

エマはそう言いながらもそわそわしたように、グレイブが持つ鍋を見つめている。

そしてくんくんと匂いを嗅いだ。

マリナがそれを見て笑う。

「エマは早く食べたいのよね。今日は、エマ用に果物をすりつぶして甘口のカレーにしましたから」

「はう！　甘口カレー早く食べたいです」

とてもいい香りがする鍋を見つめるエマの様子に目をやりながら、エミリアはご飯を皿に盛るとその上に甘口のカレーをかける。

ほかほかのご飯にかけられたカレーを見て、エマは尻尾を左右に振った。

その隣でリーシャも尻尾を振っている。

ディアナはそれを眺めながら頷いた。

「確かにフレアが言うようにまだお子様だね」

それを聞いてリーシャが首をかしげる。

「何がお子様なのディアナ？」

「別にこっちの話さ」

まだ出会って三日目だが、一緒に剣術の稽古《けいこ》をすることもあって、もうディアナやフレアとも打ち解けるようになった。

エマを通じてエミリアとも仲良くなったリーシャである。

少し年齢が下なのでフレアやエミリアからすると、妹が出来たような感覚だ。

給仕が終わるとエミリアとマリナが言う。

「さあ、どうぞ」

「召し上がれ」

エマとリーシャは待ってましたと言わんばかりにスプーンを手にする。

「頂きます！」

「頂きますなのです！」

野菜や肉はもちろんとろとろに煮込まれて、すり下ろした果物の果実がしっかり溶け込んでカレーにコクと甘みを加えている。

リーシャはそれを口いっぱいに頬張って、満面の笑みになる。

「ん～!!　幸せ」

「エマもです！」

にこにこのエマを見てリーシャは思う。

(隠れて生活していた時には、こんなに美味しいものは食べさせてあげられなかった。頑張ろう。もっと強くなって、今度は私がルオの役に立つんだ！)

そう思うと不思議と力が出る。

グレイブも満面の笑みで言った。

「いや～、この甘口が最高ですな！」

精悍《せいかん》な見た目にそぐわず、意外と甘党のグレイブに皆顔を見合わせて笑う。

舌鼓を打つグレイブを見つめて、エマもニッコリと笑う。

「うまうまなのです！」

前にエマが言っていた通り、カレーは元気が出る魔法のご飯なのかもしれないとリーシャは思う。

それともみんなで一緒に食べているのが楽しいのだろうか。

「エマ、ついてるわよ」

リーシャはエマの口の端についたご飯粒を指で取ってあげる。

「お姉たま、ありがとなのです！」

そんなリーシャをルオは眺めている。

「な、何よ」

「いや。お前もついてるぞ」

「は!?」

リーシャは慌てて、自分の口元をぬぐうとご飯粒を取った。

そして真っ赤になってルオを睨む。

「し、知ってたから！　今、取ろうとしてたんだからね！」

ディアナがふぅとため息をついた。

「全くデリカシーのない男だね。そういう時は見て見ぬふりをするのが男ってもんだよ」

フレアが今更と言ったように付け加える。

「ルオにデリカシーを求めるのが間違ってるわよ」

「ふふ、ちょっと分かります」

エミリアまで同意するのを見て、ルオは肩をすくめた。

そんな中、リーシャがエミリアたちに尋ねた。

「ディアナにフレア、それに騎士じゃないエミリアも魔聖眼を開けるのよね。ルオの周りって凄い人ばっかり。ねえ、どんなトレーニングをしたの？」

リーシャは興味津々《しんしん》といった様子だ。

当然だろう。

聖印ですら、開くことが出来る者はごく限られた存在だ。

その上に、独自の強い属性を呼び覚ますことが出来る魔聖眼は、余程の才能がある者でなければ開けない。

ルディーリアではリーシャが知る限り、彼女の父親だけしか使えなかった力だ。

何故か口ごもるエミリアとフレアを尻目に、ディアナが言った。

「私はともかく、この二人はちょっと特殊でね。坊やとの相性がものをいったのかもね。まあ、愛の力ってやつかい？」

「は⁉　ディアナなに言ってんのあんた！」

「そ、そうです！　あれは訓練の賜物《たまもの》です」

慌てて否定する二人に、ディアナは目を細めて答える。

「でも、知ってるだろ？　あの訓練で実際に飛躍的に魔力が伸びたのはあんたたちだからね。これはやっぱり……」

「違います！」

「違うわよ！」

ディアナにからかわれ、顔を真っ赤にして否定するエミリアとフレア。

リーシャは不思議そうに彼女たちを見つめた。

「どういうこと？　何か特別な訓練の方法があるの？　なら私もそれをしてみたい！」

意気込むリーシャを見て、エミリアたちは顔を見合わせる。

そしてルオに尋ねた。

「ルオ様、魔力を持たない獣人族でもあれは出来るんでしょうか？」

「確かに、気になるわね」

ルオは二人の言葉にしばらく考え込む。

「どうだかな。魔力と獣気、その本質は同じものに思える。種族の体質による違いを幾つか変数として追加調整すればいけるかもしれないな」

エマがそれを聞いて首を傾げた。

「ヘンスウですか？」

フレアがエマに言う。

「ああ、気にしなくてもいいわよ。ルオの奴、時々意味の分からないことを言うから。それで、出来るの？　ルオ」

「そうだな。一度やってみるしかないな。ものは試しだ、今からやってみるか」

ルオは立ち上がるとリーシャに尋ねる。

「リーシャ、お前ダンスは踊れるか？」

「ダンス？　それが訓練と何の関係があるの？　一応踊れるけど……」

そう答えたリーシャにルオは頷く。

「俺と一緒に踊ってみるか？」

「は!?　ど、どうしてよ」

リーシャは少し顔を赤らめる。

「今こんな格好だし、踊るならそれなりの格好が……」

「気にするな。それは今どうでもいい」

「ど、どうでも良くないから！」

そう言いながらリーシャは、カレーの最後の一口をぱくりと頬張りながら上目遣いでルオを窺う。

(何よ急にダンスだなんて……それが何の訓練になるのかしら)

半信半疑な気分ではあるが、どうやら何か役に立つらしいと感じ、立ち上がる。

「これでいいの？」

ルオに向かって右手を差し出す。

そしてふと気が付いたように言った。

「これ、外した方がいいかしら？」

右手につけられた黄金のガントレットは、リーシャのトレードマークだ。

戦いの時にはいつも身に着けているが、今からダンスをするという時にはどうなのだろうとも思える。

「それに、ダンスを踊るなら。や、やっぱりドレスとか……」

白の姫騎士と呼ばれるリーシャだ。

普段は騎士姿で、ドレスなど滅多に着ることはないが、やはり気になる男性と踊る時ぐらい着飾ってみたい。

少しだけそんなことを意識した後、首を横に振る。

（は⁉　ルオが気になるとかないし！）

そう思いながらもルオを見つめる。

一方でルオは相変わらずの表情で答える。

「安心しろ、そのままでいい」

「な、なによそれ！」

ルオは構わずに、少し反発するリーシャの手を取ってリードし始める。

初めはツンとしていたリーシャも、そのルオらしい態度にお手上げといった様子で踊り始めた。

「王たまとお姉たま踊ってるです！」

二人のダンスに合わせて左右に尻尾を振るエマ。そんな中、軽やかにステップを踏むルオとリーシャ。

しなやかで鮮やかなステップはリーシャらしい。

まだ十三歳だが、王女としての誇りが宿った眼差しは、幼さの中にも高貴さを感じさせる。

まだ、魔力と獣気の性質の違いを探っているからだろうか、暫く踊り続けたがリーシャの体にも獣気にも変化がない。

これが何の訓練になるのかは分からなかったが、リーシャは楽しかった。

（人間なんて、絶対に信じることなんてないって思ってたのに）

リーシャは自分が、いつの間にかルオのリードに身を任せていることに気が付いた。

ルオに体を預けて華麗《かれい》に舞う獣人の王女。

大きく白い狼耳がぴんと立って、美しい毛並みの尻尾がステップに合わせてバランスを取るように動いた。

その鮮やかなダンスは、見る者を魅了するだろう。

そのまま楽しい時間が過ぎていく。

すると、今までにない感覚がリーシャを襲った。

模擬戦闘とは違い、手を触れ合って息を合わせていると、自然にお互いのリズムが重なり合っていく。

バトルの時のようなぶつかり合う力ではなく、お互いに協調して力を合わせる感覚をリーシャは抱いた。

「ふふ、なんだか不思議な感じ」

自分の獣気にルオの魔力が絡み合っていくようだ。

不思議な心地よさに、リーシャは歌を口ずさむ。

故郷のルディーリアの歌だ。

その美しい声は風に乗って辺りに響いていく。

（聖印が……）

こんなことは初めてだ。いつもは最大限集中力を高めなければ開くことが出来ない聖印が、自然に額に浮かんでいく。

今の彼女は、ルオに身を任せてとてもリラックスしている。

しかし同時に、とても感覚が鋭くなっていくのが分かった。

父の形見の獣玉石が淡い光を放つ。

気が付くと、ルオの額の聖印も開いている。

ゆっくりとだが、確かに絡み合っていく自分の獣気とルオの魔力に、リーシャは声を震わせた。

自分の中にある何かが目覚めていく気がして、少し怯えたのだ。

初めての感覚だ。

「ルオ……」

「大丈夫だ、俺を信じろ。そして、お前自身の力をな」

ルオの額がゆっくりとリーシャの額に触れた。

幼さを残すリーシャの瞳が揺れて、唇が震える。

（ルオ……私）

自分の中で目覚める何かに戸惑いながらも、ルオを信じて彼を見つめる。

まるで自分の獣気とルオの魔力が一つになったような感覚に、思わず吐息を漏らした。

ディアナが呟く。

「風が……」

「ええ」

フレアも頷いた。

二人の周りには、緩やかな風が静かに渦巻いている。

そして、リーシャの右手の獣玉石がいつにない輝きを放った。

彼女の聖印はエメラルドグリーンの輝きを宿している。

それはまるで、美しい故郷ルディーリアの森を表すかのように。

そして、そこを駆け抜ける風のごとく。

エミリアは微笑んだ。

「これがリーシャの力、とても美しいわ」

極限まで高められた獣気に、まだ自分自身が耐えられないかのように、リーシャはがくんと力を失ってルオに体を預ける。

額を合わせてすぐ傍で自分を見つめるルオに、彼女は頬を染めた。

そして、その手を強く握る。

「……ルオ、今のが私の力？」

「ああ、どうやらそのようだ。リーシャ、風のように軽やかなお前に相応しい」

彼の言葉にリーシャは嬉しくなる。

だが、少し悔しそうに可憐な唇を噛む。

「もう少しでもっと、何かつかめそうだったのに」

自分の中の力を、さらにはっきりと感じ取りたいと思ったのだろう。

ルオは肩をすくめた。

「焦ることはない、そのうちに慣れるさ。暫く、剣の手合わせの後に毎日やるとするか」

「毎日!?」

リーシャは顔を赤くする。

そして、ツンとソッポを向いた。

「嫌なのか？」

「べ、別に嫌なんて言ってないじゃない」

先程までは、自分が変わっていく感覚の方に意識がいっていてあまり考えなかったが、額の聖印を合わせて踊った時に目の前にあったルオの顔を思い出すと、急に恥ずかしくなる。

リーシャはルオを見つめて頬を染めた。

こんな気持ちになったのは初めてだ。妙に鼓動が速くなって、息が苦しくなる。

一体この感情が何なのか分からない。

(毎日こんなことしてたら、私……)

そんなことを考えていると、エマが傍にやってきてじっと二人を見上げる。

そしてルオに言った。

「二人とも格好良かったです！　エマも王たまと踊りたいです」

張り切って尻尾をふりふりしているその姿に、リーシャは思わず笑みを浮かべる。

そして、こほんと咳ばらいをするとルオに言った。

「選手交代！　ほら、エマと踊ってあげて」

「分かった分かった。ほら、ちび助一緒に踊るか？」

「はいです！」

ルオは肩をすくめると、エマの手を取って踊り始める。

ルオにリードされてちょこちょこと踊るエマの姿は可愛くて、皆は顔を見合わせて笑顔になった。

リーシャは自分の小さな手を見つめる。

それから、それを胸にそっと当てた。

自分の中に眠る力を目覚めさせてくれた男性の横顔を、そっと見つめながら。

◇　◇　◇

それから数日後。

アルディエント西方の山脈を越えた場所にある大国シュトハイド、その都に一人の男が馬に乗ってやってくる。

ローブを被り、旅人を装ったいでたちは何の変哲《へんてつ》もないが、よく観察すると男の目はただの旅人にしては鋭い。

男は馬に鞭《むち》を入れると、速度を上げて都の中央にある王城へと向かう。

シュトハイドの王ジャミルの宮殿《きゅうでん》である。

男が城門にたどり着くと、数名の衛兵が長い槍を持って近づいてくる。

そして、男に突き付けながら言った。

「何者だ？　ここが黒騎士王と称えられるジャミル様の居城と知ってのことか！」

「平民ごときが訪れることを許される場所ではない！」

衛兵の一人が、槍の穂先で男の顔を隠しているローブをめくる。

そして一転、驚いたように敬礼した。

「こ、これは！　申し訳ございませぬ」

深々と頭を下げる衛兵の前を男は通り過ぎていく。

衛兵の中でも新米の若い男が、不思議そうに他の衛兵たちに尋ねた。

「良いのですか？　あのような旅の者を通してしまって」

新米の問いに、他の衛兵たちが声を潜めて答える。

「馬鹿者、大きな声でそんなことを言うな」

「聞こえるぞ。お前は知らぬだろうが、あれはただの旅人ではない」

彼らの言葉に新米は首を傾げた。

「ただの旅人ではない？」

「ああ、そうだ。お前も知っているだろう？　ジャミル様に仕える直属の騎士たちの名を」

その答えに新米は息をのむ。

「黒騎士王親衛隊《しんえいたい》……」

新米の言葉に他の衛兵たちは頷いた。

「ああ、そうだ。あの男はその黒騎士王親衛隊のメンバーだ。それも情報将校として各地に散っている者の一人だぜ」

「俺も知っているぞ。ルディーリアを陥落《かんらく》させた時も、その数日前に、あの男がこの城にやってきた」

衛兵の一人が頷きながら口を開く。

「俺も見た。それにしても黒騎士王親衛隊が動いているということは、また近いうちに戦争になるかもしれんな」

衛兵たちは皆、先程の男が向かった王宮を眺めた。

そんな中、王宮に入った情報将校の男は、真っすぐに玉座の間に向かう。

廊下の突き当たりの一際立派な大扉の前で、衛兵に何事かを告げると、彼らは皆頭を下げてその扉を開いた。

大理石《だいりせき》で作られた床と血のように赤い絨毯《じゅうたん》、豪奢《ごうしゃ》な大広間の奥に作られた緩やかな階段の上には、玉座がある。

そこに座っているのは黒騎士王の名に相応しい、見事な体躯《たいく》を持った壮年《そうねん》の男だ。

国王のジャミルである。

そして、異様なのはその横にいる男だ。

黒騎士王とは対照的に白い鎧を身に纏い、玉座の右に立っている。

顔には白い仮面がつけられており、その表情を窺い知ることは出来ない。

そんな中、黒騎士王親衛隊の一人である情報将校は、赤い絨毯の上を歩き、国王が見下ろす玉座の前まで進み出る。

そして、深々と頭を下げた。

「ジャミル様、今戻りました」

「ふふ、ご苦労だったな、ロイド。何か分かったのか？」

ジャミルの言葉にロイドと呼ばれた男は顔を上げる。

そして話し始めた。

「はい、陛下。数日前、ヴァルフェント公爵領に新王ルオ・ファルーディアの率いる兵が到着し、ヴァルフェントの軍勢と交戦し、打ち破りました」

その報告に、玉座の間にいる衛兵たちが思わず声を漏らす。

「アルディエント西方の雄、ヴァルフェントを」

「第五等魔法格の烙印を押された男だと聞いたが……」

「まさか、本当にヴァルフェントを打ち破るとは」

衛兵たちとは対照的に、ジャミルとロイドに驚いた様子はない。

ジャミルは愉快そうに笑うと言った。

「くくく、どうやらその小僧、実力であのゼギウスを倒したと言うのも、あながち嘘ではなさそうだ」

「はい、陛下。私も奴の兵士に紛れ込み、戦場を眺めておりましたが、ヴァルフェントが全く相手にもなりませんでした。あの力、ゼギウスを倒したというのも頷けます」

ジャミルは顎を撫でながら頷く。

「やりおるわ。闇の神具デュランスベインを持つ男を倒した小僧か。面白い。だが、今挑むのは危険かもしれんな」

その目が妖しく光ると、玉座の傍に立てかけられている巨大な黒い斧《おの》を手に取った。

「この斧に眠る獣が目覚めれば、我に敵などはないが、どうやらまだ生贄《いけにえ》が足りぬようだな」

同時に、ジャミルの隣に立っている白い仮面の男も剣を抜いた。

「ふふ、シオン。お前も感じるか？　どうやら、この斧に引き裂かれたい愚か者がいるようだ」

ジャミルと、シオンと呼ばれた男の目はロイドを見据えている。

まるで敵を見るような鋭い視線に、ロイドに動揺の色が浮かぶ。

「へ、陛下？」

ジャミルは邪悪な笑みを浮かべた。

「ロイドよ。お前にしてはへまをしたものだ、いつから影を奪われていた？」

その刹那《せつな》――

ロイドの横にはもうシオンがいた。

一体いつ動いたのか、無表情の仮面がロイドを見つめている。

「な、なにを⁉」

普段は冷静沈着なロイドが慌てふためく。

それほどの絶技だ。

シオンの剣がロイドに向かって振り下ろされる。

いや、正確に言えば床に伸びたロイドの影に。

「おのれ‼」

声を上げたのはロイドではない。影だ。

それは、シオンの一撃に左腕を切り落とされたまま大きく宙に舞うと、一気にジャミルへと向かった。

その右手には槍が握られている。

「一人では死なん！　ジャミル、この悪魔め！　貴様も道連れだ‼」

影は人の形に変わっていた。

槍を持った精悍な戦士の姿に。

男は左腕を失ったにもかかわらず、凄まじい速さでジャミルに迫る。

ジャミルは残忍な笑みを崩さない。

「愚か者め。貴様ごときが、この俺を倒せるとでも思っているのか？」

「ぐはぁあああ!!」

まるで命を刈り取る死神の鎌のように、巨大な戦斧《せんぷ》が振りかざされ、襲撃者を槍ごと両断する。

恐るべき膂力《りょりょく》と斧技《ふぎ》だ。

床に転がり絶命する前に、男はジャミルに怨嗟《えんさ》の声を上げた。

「おのれ……」

そして、ジャミルの横に戻ったシオンを睨んだ。

「何故だ、貴様の国もこの男の手で滅んだと言うではないか。何故、このような悪魔に手を貸すのだ……」

苦し気にそう呻く男の首をシオンは刎ねる。

それを見てジャミルは笑みを深める。

「シオン、今のはこの俺への忠誠の証か？　それとも、苦しむこの男への情けか？」

仮面の男は何も答えない。

ただ静かに、手にした剣を鞘に収めた。

「まあいい」

ジャミルはそう言うと、再び斧を玉座の傍に立てかける。

ロイドは、目の前で起きた人を超えた者たちの戦いに、体を震わせながら言う。

「お、お許しくださいジャミル様。まさか、暗殺者が私の影に潜むなど！」

怯えた表情のロイドに、ジャミルは答える。

「構わん。あの程度では俺を殺すことなど出来はせん」

あまりのことに取り乱していたロイドだったが、気を取り直したように報告を続けた。

「ジャミル様、それからもう一つご報告がございます」

「なんだロイド。言ってみろ」

ジャミルの問いにロイドは頷いた。

「はい！　実はルオ・ファルーディアのもとにルディーリアの王女が合流したようです。まさか、生きているとは思いませんでしたが」

それを聞いてジャミルは興味深そうにした。

「ほう、あの小娘が生きていたか。探し続けていた甲斐《かい》があったというものだ。例の物も持っているのだろうな？」

「獣王から受け継いだ宝玉でございますね。はい、ジャミル様。間違いございません」

それを聞いてジャミルは満足げに声を上げた。

そして、隣に立つシオンに命じる。

「シオン、ロイドと協力しその娘と獣玉石を必ず手に入れよ。ふふ、間もなく時は満ちる。そうなればルオ・ファルーディアとて、この俺の敵ではない」

ロイドはその命を受け、ジャミルに深々と頭を下げる。シオンと呼ばれた男と共に新たな任務を果たす為、その場から立ち去った。

## 6、母からの贈り物

それから数日が経ち、ルオたちが西方にやってきてから十日が経とうとしていた。

リーシャはベッドの上で寝返りをうつ。

住む家や集落を自分たちで作っている途中のルディーリアの人々は、完成するまでは城の中で寝泊まりをしている。

隠れ住んでいた時のことを考えれば、安心して眠ることが出来るのはリーシャたちにとってはそれだけで幸せだ。

可憐な獣人の王女は、眠そうにまだ目を閉じたまま、傍にある枕だと思われる何かをぎゅっと抱きしめる。

「ん？」

枕にしては硬い気がする。

そんな違和感を覚えてリーシャは耳をピクンと動かした。

そして大きく尻尾を振った後、ゆっくりと目を開ける。

「はう！」

思わず変な声が出てしまう。

抱きしめた枕にはブロンドの髪がある。

いや、正確に言うとそれは枕ではなかった。

リーシャが抱きしめているのはルオだ。

まるで愛し合う男女がするように、リーシャはルオの顔を抱き寄せて、自分の頬を寄せていることに気が付いた。

（わ、私、なにして……それにどうしてルオが）

こんなことをしてもいいのは、愛を誓った者同士だけだ。

少なくともリーシャにとってはそうだ。

それにまだ十三の自分には早すぎる。

今の状況に、リーシャの胸の鼓動は爆発しそうな勢いになる。

頭を抱きしめられたことで目を覚ましたのか、ルオがゆっくりと目を開けた。

そして、まるで当たり前のようにリーシャを見て口を開いた。

「ああ、リーシャか。おはよう」

リーシャは目の前が一瞬真っ白になって、顔が真っ赤になる。

そして思わず叫んだ。

「お、おは……おはようって、ルオ！」

すると――

「ん……んん。何ようるさいわね。まだ眠いのに」

ルオの向こうから、誰かの声がする。

女性の声だ。

よく見ると、自分が抱き寄せているルオの体を、別の誰かが背中からしっかりと抱き寄せているのが分かる。

艶やかな赤い髪がベッドのシーツの上で乱れていた。

そして、その誰かもリーシャのように声を上げる。

「は!?　はぁああ!?　ちょ！　な、なんで、ルオが私のベッドにいるのよ！」

そう言って乱れたパジャマ姿のフレアが、真っ赤な顔で上半身を起こす。

気が強い割に純情なフレアの顔からは、蒸気が出そうになっている。

先程まで、自分がルオの背中に頬を寄せて眠っていたことに気が付いたのだろう。

今にも自分の頬をひっぱたきそうなフレアに、ルオは冷静な口調で言った。

「おい、フレア。人聞きの悪いことを言うな」

だが、フレアの視線は、依然レーザービームのようにルオに向けられている。

何故なら、彼女の前には、ルオの頭をしっかりと抱きしめるリーシャの姿があるからだ。

「こ、この変態！　リーシャにまで……見損なったわよルオ!!」

「待て。抱きしめられているのは俺の方だぞ？」

ルオの反論にリーシャは動揺する。

「フ、フレア！　わ、私……これは違うの！」

リーシャは慌ててルオの頭をベッドの上に放り出す。

ルオはベッドに投げ出されたまま無愛想な顔で二人に言った。

「いい加減にしろ。思い出せ、そもそもここは俺の部屋のベッドだぞ？」

「は？」

「え？」

その言葉に、フレアとリーシャは顔を見合わせた。

気が付くと自分たちの傍に、エミリアがエマを抱いて眠っていた。

大きなベッドの上で、エミリアとエマも目をこすりながら体を起こす。

「ふぁ……何の騒ぎですか？」

「エマ、まだねむねむなのです」

寝ぼけ眼《まなこ》でこちらを見る二人。

「リル～」

エミリアの傍で丸まっていたリルも、まだ眠いよと言わんばかりに一声鳴く。

そんな中、部屋の扉が開いた。

入ってきたのはエルフの美女ディアナと、リーシャの侍従であるサラだ。

サラは目を丸くしてベッドの上の状況を見つめた。

「姫様！」

ディアナは目を細めると、意味深な笑みを浮かべながら皆に言った。

「朝からこりゃ酷い修羅場《しゅらば》だね。坊やもやるもんだ」

そんなディアナに、ルオは答えた。

「おい人聞きの悪いことを言うのはやめろ。だから言ってるだろう、ここは俺の部屋だとな」

その言葉にフレアもリーシャも、次第に昨夜のことを思い出していく。

ベッドの上に散らばっているカードを見て、それは確信に変わった。

「そっか！　私たちトランプをしてて、それでそのまま……」

リーシャの言葉にフレアも軽く咳《せき》ばらいをすると言った。

「そ、そういえばそうだったわね。ジークが兵士たちの娯楽の為に取り入れた物だって聞いてたけど、やり始めたら結構楽しくて」

エミリアは散らばったカードを集めながら頷く。

「ええ、エマがもっとババ抜きや七並べをしたいって。ミレーヌには、今夜は私がエマを預かりますって話をしたのを覚えてますわ」

エマもエミリアの真似をして、せっせとカードを集めてにっこりと笑う。

「楽しかったのです！」

「ええ、楽しかったわね、エマ」

エミリアは微笑みながらも、自分がルオのベッドの上にいることに改めて気が付いて、その清楚《せいそ》な頬を染めた。

「ほ、本当はもう少し遊んで部屋に帰るつもりでしたのに、つい……」

エマがウトウトし始めて、それにつられて皆いつの間にか眠っていたのだ。

もちろん、トランプの存在をジークに教えて作らせたのは、ルオである。

それを軍用の物資としてジークが取り入れたのだ。

長い行軍や駐留ともなればやはり娯楽は重要である。

ディアナは事情を聞いて口を尖らせた。

「ずるいじゃないか。私も誘ってくれたら、坊やにもっとサービスをしてあげられたのにさ」

ディアナはそう言って、ベッドの上にいるルオの隣に寝そべって、その体を抱き寄せた。

長い髪がベッドの上に広がり、彼女の大きな胸がルオの顔に押し当てられる。

冷静になりかけていたフレアの顔が、また真っ赤になっていく。

「ちょ！　何してるのよ、離れなさいよこのエロエルフ！」

「うるさいね。私をのけ者にした罰さ」

実際は、昨晩はディアナが城の警護任務で忙しかった為に誘えなかったのだが、反論は受け付けないようだ。

ディアナをルオの傍から追い払うフレアを見て、サラは笑った。

そしてリーシャに歩み寄ると耳元で囁く。

「姫様、ほんとに何もなかったんですか？」

「な、何もないわ！　トランプをしてただけよ」

リーシャはベッドの上から立ち上がる。

ようやくディアナをベッドの上から追い払ったフレアも、同じようにベッドを降りる。

まだツンとしたままの二人を見て、ルオはため息をついた。

「ふぅ、やれやれだな」

エミリアは、そんなみんなの様子を見て楽し気に笑っている。

以前の囚われの鳥のような状態の時は、こんな光景は想像も出来なかった。エミリアにとっても、この西方への旅はとても楽しいものだ。

そんな中、マリナが部屋にやってくる。

そして中の様子を見ると言った。

「良かった、エミリア様もここにいらしたんですね。それに皆様も。ルオ様、朝食の支度が出来ましたから皆様でどうぞ！」

元気のいいマリナの声に皆、顔を見合わせて肩をすくめると笑った。

「そうね、ありがとうマリナ。着替えたらすぐ行くわ」

エミリアの言葉にフレアやリーシャも同意する。

「そ、そうね。着替えてこないと」

「私も！」

エマもリーシャの傍に来て言う。

「エマもです！」

ディアナやサラも同意した。

「そうだね。せっかくだ、一緒に食べるとしよう」

「ええ、ぜひ！」

獣人族の王女のリーシャや王妃が住まうこともあり、城の警備にあたっては、サラもディアナに協力している。二人はすっかり親し気な様子だ。

サラは、この部屋にいる皆を眺めながら目を細めた。

(私は愚かだ。いつの間にか人間全てが、ジャミルのような邪悪な存在だと思いかけていた。でも彼らは違う。姫様のあの幸せそうな笑顔、これもルオ様たちのお蔭だ)

彼らと出会うまでいつも仲間を守る為に必死だったリーシャの姿を、サラは誰よりもよく知っている。

だから、そんな主人が皆と笑顔でいる姿を見られるのがとても嬉しい。

着替えを済ますと、皆はまたルオの部屋の前で落ち合った。

そして、一緒に食卓へと向かう。

国王であるルオの為に特別に作られた食卓ではなく、この城の兵士や獣人たちも一緒だ。彼らと共に、大きな部屋に作られた食堂で朝食をとることになっている。

「この方が、色々な情報も耳に入ってくるからな」

ルオの言葉に、先に食堂に来ていたジークも頷いた。

「そうですね陛下。お蔭でこの西方の地も安定してまいりました。民や兵士たちから幾つか要望が上がってきていますから、恐れ入りますが目をお通しくださいませ。私が先に目を通して、重要だと思われる意見をまとめておきましたから」

「悪いな、ジーク。助かる」

ルオは食卓の椅子に腰をかけて、食事が運ばれてくるまでジークが用意した書類に目を通していく。

これがここに来てからの日常の風景だ。

そして、気になることがあるとジークに詳細を尋ねながらその答えを出し、その都度命令を伝えた。ジークの配下の者たちが、それをこの城の中に作られた行政部署に伝えに走っていく。

フレアはそんな姿を眺めながら肩をすくめる。

「まったく、あんたときたら。同じ年だとは思えないわ」

エミリアは、資料に目を通してルオを補佐しながら微笑む。

「ほんとに。ルオ様って、初めて出会った時から大人っぽかったですもの」

マリナもそれを聞いて頷いた。

「言えてます！　まだ五歳にも満たなかったのに、私たちにいつも絵本を読み聞かせてくれて。素敵なお兄様だなって。今は少し無愛想ですけど、その時は本当に優しい笑顔だったんですよ」

「だから無愛想は余計だと言っているだろう」

ルオにひと睨みされて、マリナはいけないと小さく舌を出す。

エマは、ルオの前に積まれた書類の山から一枚取って、ルオの真似をして難しい顔でそれを見ている。

でもすぐに諦めたように言った。

「ふあ、エマには難しいのです」

そんなエマに和みながらフレアは同意する。

「私も同感よ、エマ」

そう言いながらも、フレアも自分が手伝える分野は手伝っていく。

中にはここで解決して、朝食を取りに来ていた兵士たちに伝えるような内容もあった。

「ねえ、ルオ、私にも手伝わせて！」

「ああ、リーシャ。それならこちらを頼む」

ジークが持ってきた書類の中で、ルディーリアの民に関するものを、ルオはリーシャの前に置く。

リーシャも、自分がやれることはないかと目を通した。

そして、解決出来そうな内容があるとサラと協力して答えを出して、ルオに伝えた。

「流石だな。獣人族には獣人族にしか分からないことも多いだろう。これからはルディーリアの皆に関することは、まずお前たちに相談しよう」

「ほんとに！　分かったわルオ。私、頑張る!!」

リーシャとサラは顔を見合わせて笑顔になる。

(私もルオの役に立ってるんだ。なんだか嬉しい)

ジークが持ってきた書類の山は皆の協力で、あっという間に小さくなっていく。

中には食堂へやってきた兵士たちからの直接の要望などもあって、ルオたちはその都度答えていった。

途中でやってきたミレーヌもエマの隣に座る。

「ママ！　おはようなのです」

「ふふ、おはようエマ。ルオ様、エミリア様、昨夜はエマを預かってくださってありがとうございます。皆様もおはようございます！」

皆もミレーヌと挨拶《あいさつ》を交わす。

そして、最後の一枚が終わった頃には、ルオたちの前に朝食が並べられていた。

それを見てエマの尻尾が大きく揺れる。

「これは何ですか？　茶色いもじゃもじゃなのです」

エマは、ライスが盛られた皿の隣にサラダと共に載っている、茶色い揚げ物を見て首を傾げた。

ミレーヌはそんな娘を見て笑った。

「それは、とんかつと言うそうよ。今日は山から村を作る為の木材を運んだりするから、力の出る食事を、って昨日マリナ様に相談したの。そしたらこれはどうかと提案を受けたので、私たちも一緒に作るのをお手伝いしたんです」

「ええ、ミレーヌさんたちのお蔭ではかどりました。カレーもそうですけど、これも今、都で人気の料理です」

ジークはマリナの言葉に頷く。

「はい、ルオ様に教わって作った料理なのですが、人気が出まして。都の料理店でも今では定番の料理の一つですね」

エマはくんくんと匂いを嗅ぎながら言う。

「とんかつですか？」

「そうよ、エマ。ママが今から切り分けてあげるわ」

そう言うと、ミレーヌは皿の横に置かれたナイフを使ってとんかつを切り分ける。

衣からサクッと音がして、同時に中から美味しそうな肉汁が溢れ出る。

「はわ！　美味しそうです！」

リーシャやサラも思わず頷いた。

「いい音ね！」

「肉料理なのですね！　とても美味しそうだ」

彼女たちも目の前のとんかつにナイフを入れる。

焼き立てのパンで作られたパン粉と、質のいい油でカラッと揚げられているそれを一口食べてみようとする二人。ルオは彼女らを止めると、とんかつの上にソースをかける。

「とんかつ専用のソースだ。食べるならこれをかけてからだな」

「そうなの？」

「ふむ、ルオ様ありがとうございます」

リーシャとサラはルオに礼を言うと、我慢出来ない様子でとんかつを一切れぱくりと口にした。

からりと揚がった衣とその中のジューシーな肉の旨味、それを何よりも最大限に引き出しているソースの味に、リーシャの尻尾がぴんと立つ。

「なに……これ。美味しい！」

サラも尻尾をぴんと立てると、とんかつを頬張りながらその凛とした顔を蕩《とろ》けさせた。

「はぁああ！　なんて美味しい。こんなに美味しい肉料理は初めてです。それにこのソースが！」

エマも元気に口を開けると、ミレーヌが小さくカットしてソースをかけたとんかつを口に入れた。

「ふぁああ！　美味しいのです！」

「ふふ、エマったら。朝から肉料理は……とは思ったのですが、リーシャ様やサラ様にも気に入って頂けて嬉しいですわ」

食事の準備を手伝ったミレーヌも、娘の笑顔を見て微笑んだ。

サラはぐっと右手に力を入れて言う。

「それになんだか力が漲《みなぎ》る気がしますね！」

「そうね！　とっても美味しいからかしら。ライスともよく合っているし」

ライスと一緒に食べると美味しさもひとしおで、再び舌鼓を打つリーシャたち。

エマはそんなリーシャを見て嬉しそうに言う。

「リーシャお姉たま、きっとカレーもとんかつも元気になる魔法のご飯なのです！」

リーシャはそれを聞いて大きく頷いた。

「本当ねエマ！」

「はいです！」

それに何よりも皆でこうして一緒に食べられるのが楽しい。

ALPHAPOLIS
WEB CITY SINCE 2000
A L P H A P O L I S
アルファポリス

LN_Ver.20
アルファポリスの人気作品を一挙紹介!

# 召喚・トリップ系

こっちの都合なんてお構いなし!?
突然見知らぬ世界に呼び出された
主人公たちが悪戦苦闘しつつも
成長していく作品。

## 月が導く異世界道中

あずみ圭

既刊14巻＋外伝1巻

両親の都合で、問答無用で異世界に召喚されてしまった高校生の深澄真。しかも顔がブサイクと女神に罵られ、異世界の果てへ飛ばされて――!?とことん不運、されどチートな異世界珍道中！

### 最強の職業は勇者でも賢者でもなく鑑定士（仮）らしいですよ?

あてきち

異世界に召喚されたヒビキに与えられた力は「鑑定」。戦闘には向かないスキルだが、冒険を続ける内にこのスキルの真の価値を知る…!

既刊6巻

### 装備製作系チートで異世界を自由に生きていきます

tera

異世界召喚に巻き込まれたトウジ。ゲームスキルをフル活用して、かわいいモンスター達と気ままに生産暮らし!?

既刊6巻

### もふもふと異世界でスローライフを目指します！

カナデ

転移した異世界でエルフや魔獣と森暮らし！別世界から転移した者、通称『落ち人』の謎を解く旅に出発するが…？

既刊4巻

### 神様に加護２人分貰いました

琳太

便利スキルのおかげで、見知らぬ異世界の旅も楽勝!?２人分の特典を貰って召喚された高校生の大冒険！

既刊6巻

価格：各1,200円＋税

## ゲーム世界系

VR・AR様々な心躍るゲーム
そんな世界で冒険したい!!
プレイスタイルを
選ぶのはあなた次第!!

### とあるおっさんのVRMMO活動記

椎名ほわほわ

VRMMOゲーム好き会社員・大地は不遇スキルを極める地味プレイを選択。しかし、上達するとスキルが脅威の力を発揮して…!?

既刊21巻

### THE NEW GATE

風波しのぎ

目覚めると、オンラインゲーム(元デスゲーム)が"リアル異世界"に変貌。伝説の剣士が、再び戦場を駆ける!

既刊17巻

### のんびりVRMMO記

まぐろ猫@恢猫

双子の妹達の保護者役で、VRMMOに参加した青年ツグミ。現実世界で家事全般を極めた、最強の主夫がゲーム世界で大奮闘!

既刊9巻

価格:各1,200円+税

## 人外系

人間だけとは限らない!!
亜人が主人公だからこそ
味わえるわくわくがある♪

### Re:Monster

金斬児狐

最弱ゴブリンに転生したゴブ朗。喰う程強くなる【吸喰能力】で進化した彼の、弱肉強食の下剋上サバイバル!

第1章:既刊9巻+外伝2巻　第2章:既刊3巻

### さようなら竜生、こんにちは人生

永島ひろあき

最強最古の竜が、辺境の村人として生まれ変わる。ある日、魔界の軍勢が現れ、秘めたる竜種の魔力が解放されて——

既刊19巻

### 邪竜転生

瀬戸メグル

ダメリーマンが転生したのは、勇者も魔王もひょいっと瞬殺する異世界最強の邪竜!?——いや、俺は昼寝がしたいだけなんだけどな……

全7巻

価格:各1,200円+税

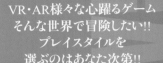

# 転生系

前世の記憶を持ちながら、
強大な力を授かった主人公たち。
現実との違いを楽しみつつ、
想像が掻き立てられる作品。

## 異世界転生騒動記

高見梁川

異世界の貴族の少年。その体には、自我に加え、転生した２つの魂が入り込んでいて!?　誰にも予想できない異世界大革命が始まる!!

既刊14巻

## 転生王子はダラけたい

朝比奈和

異世界の王子・フィルに転生した元大学生の陽翔は、窮屈だった前世の反動で、思いきりぐ～たらでダラけた生活を夢見るが……？

既刊10巻

## 元構造解析研究者の異世界冒険譚

犬社護

転生の際に与えられた、前世の仕事にちなんだスキル。調べたステータスが自由自在に編集可能になるという、想像以上の力で――？

既刊6巻

## 異世界ゆるり紀行

水無月静琉

既刊8巻

転生し、異世界の危険な森の中に送られたタクミ。彼はそこで男女の幼い双子を保護する。２人の成長を見守りながらの、のんびりゆるりな冒険者生活！

## 素材採取家の異世界旅行記

木乃子増緒

既刊8巻

転生先でチート能力を付与されたタケルは、その力を使い、優秀な「素材採取家」として身を立てていた。しかしある出来事をきっかけに、彼の運命は思わぬ方向へと動き出す―

価格：各1,200円＋税

リーシャにはそう思えた。

この食堂で、獣人たちも人間たちも、みんな一緒にとんかつを食べて楽しそうに笑い合っている。

リーシャにはそれがとても嬉しかった。

(ルオと一緒ならきっと出来る。お父様、見ていて。ここはルディーリアではないけれど、私は王女としてみんなを幸せにしてみせるわ)

いつか故郷のルディーリアを取り返したい。

その気持ちはもちろんある。

国が滅んだ時に、父からもらった獣玉石を握り締めて誓った悲願《ひがん》だ。

でも、それよりももっと大切なことがあるのだとリーシャは気が付いた。

朝食をとった後、リーシャは獣人の皆と共に森に行って、村を作る為に足りなくなっていた木材を切り出す手伝いをした。

城から程近い森で、彼らがこれから村を作ろうという場所からもすぐだ。

リーシャは剣を構える。

そして、集中力を高めていった。

額に浮かび上がる聖印が、次第にエメラルドグリーンの輝きを帯びていく。

同時に、彼女の周りに風が集まっていくのがサラには分かった。

「リーシャ様」

「ええ、みんな下がっていて！」

リーシャは、仲間たちに自分の周りから少し離れるように言って剣を構えた。

「はぁあああ！　白狼風牙《はくろうふうが》!!」

サラは目を見開いた。

以前のリーシャの必殺の技、白狼烈牙よりもそれは遥かに強い力を秘めている。

「凄い力だわ。これが、新しいリーシャ様の力なのですね！」

風の力を帯びたその刃は、皆が苦労していた見事な大木を切り倒す。

ずぅううんと低い音が響いて大木が横倒しになると、歓声が上がった。

リーシャは森の恵みに感謝すると、剣を鞘に収める。

「さあ、手分けして材木に切り分けて村に運びましょう！」

その言葉に獣人たちは大きく頷く。

「ええ、姫様！」

「やるぞ！　俺たちの新しい村だ」

「「おお!!」」

リーシャは夕方まで皆と一緒に働いて、その後夕食の前に、ルオとまた剣の手合わせをしてもらう。

ルオは感心したようにリーシャに言った。

「だいぶ風の力を自分のものに出来るようになってきたな、リーシャ」

「ええ！　お陰さまでね」

こうして剣を交える時間も、リーシャにはとても楽しいひと時だ。

そして、いつものダンスの訓練になるとちょっと躊躇《ちゅうちょ》したように言う。

「どうした、リーシャ？」

「え、えっとね。今日は一日中、森で仕事してたし……あ、あの」

汗をかいた後にルオと体を寄せ合って踊るのが恥ずかしいリーシャ。

でも、そうは言い出せずに口ごもる主人を見て、サラが助け船を出した。

「もうこんな時間ですから、夕食が終わって湯浴《ゆあ》みを終えましたら、こちらからルオ様に使いを出しますので」

サラの言葉にルオは頷いた。

「そうか。それも悪くないかもしれんな」

そう言って、ルオは食堂へと向かう。

一緒に稽古をしていたフレアやエミリア、それにエマも一緒だ。

リーシャはサラにお礼を言う。

「ありがとう、サラ」

「ふふ、姫様もお年頃なのですね」

「そ、そんなんじゃないわ。ただ、今日はいっぱい汗をかいたから恥ずかしかっただけ」

ツンとソッポを向くリーシャを見て、サラはくすくすと笑った。

(姫様が殿方《とのがた》にご興味を持たれるなんて。でも、ルオ様ならばそれも頷けるわね)

夕食の時間も、朝と同じようにルオは仕事を片づけていく。

リーシャもそれを手伝った。

彼女にとってはとても充実した一日だった。

夕食を終え、リーシャは湯浴みをして部屋に戻る。

母である王妃エスメルディアと共に使えるように用意された部屋で、サラもここで一緒に生活をしている。

リーシャは、今日からルオの仕事の手伝いも始めたことなどを母に話した。

「ルオがこれからは私にも色々相談するって、だから私嬉しくて！　それでね、聞いてお母様、ルオがね」

矢継《やつ》ぎ早《ばや》に今日あった出来事を話す娘に、エスメルディアは目を細めると笑った。

「もう、貴方ったらさっきからルオ様がルオ様がとそればっかり……ふふ、本当にルオ様が好きなのね」

母親にそう指摘されて、リーシャは真っ赤になる。

そして、首を横に振った。

「そ、そんなんじゃないわ、お母様！」

「違うのですか？　リーシャ」

エスメルディアは優しく微笑みながら娘を見つめる。

母のその優しい瞳にリーシャは俯いた。

そして小さな声で言う。

「……分からない。分からないの、お母様。私、こんな気持ちになったの初めてで、これが何なのか分からない」

そんなリーシャをエスメルディアはそっと抱きしめる。

そして自分の気持ちに戸惑っている娘に答えた。

「それが恋ですよリーシャ。これは貴方の初恋なのですね」

「恋？　これが？」

そう言って、リーシャは自分の胸に手を当てる。

それから母を見つめた。

「でも、ルオの傍にはフレアもエミリアもいるもの。ルオとあの二人にはとても強い絆があるって分かるから。二人とも素敵で、私なんかじゃとても敵わない……」

「誰かと比べる必要などありませんよ、リーシャ。貴方は貴方です、たとえ敵わなくてもいいではありませんか。貴方がルオ様を思う気持ちは本物なのですから」

エスメルディアは、そこでサラを見た。

サラは頷くと、エスメルディアがあらかじめ用意していた大きな箱を持ってきて、机の上に置いた。

「サラ？」

「エスメルディア様からリーシャ様へのプレゼントです」

「お母様からの？」

自分を見つめるリーシャに王妃は頷く。

「私に残された財産といえば、もうたった一つの指輪ぐらいしかありませんでしたが、それと引き換えにして手に入れたものです。さあ、開けてみて頂戴、リーシャ」

リーシャがそっとその箱を開けると、そこにはとても美しい白いドレスが入っていた。

「ルオ様にお願いをすれば、きっと代わりに用意してくださったでしょう。でも、母として私が貴方の為に用意をしてあげたかったのです」

「お母様……」

リーシャはギュッとそのドレスを抱きしめる。

ぽろりとこぼれる涙。

エスメルディアはリーシャに言った。

「さあ、早く着てみせて。リーシャ」

「はい！　お母様」

リーシャは母親からの贈り物に袖を通す。

その姿はとても美しく、いつもの白の姫騎士というよりは妖精のように可憐だ。

大きな狼耳と白い尻尾にもよく映える。

エスメルディアはリーシャを見つめると目を細めた。

「親の贔屓目《ひいきめ》だと笑われるかもしれませんが、誰よりも素敵ですよリーシャ。あの日から貴方は今まで一生懸命やってきた。リーシャ、貴方は私の誇りです」

「お母様！」

そんなリーシャの右手にエスメルディアはそっと触れると、そこにあるガントレットに嵌められ

た獣玉石を見つめる。

「これも運命かもしれませんね」

「運命？」

不思議そうに首を傾げる娘に、エスメルディアは答える。

「そういえば貴方はまだ、知りませんでしたね。この宝玉を受け継いだ時には、あの人も私も、それを伝えている時間などありませんでしたから」

「この獣玉石はルディーリアの秘宝だってお父様には聞かされたわ。絶対に手放してはいけないと」

リーシャの言葉にエスメルディアは頷く。

「ええ、とても大切なものなのです。このことは歴代の王やその妻、それに限られた者しか知らない話ですが、その石には強い力が秘められていると言います」

「強い力？」

「そうです。貴方もかつて魔神と呼ばれた者を倒した、英雄帝レヴィンのことは知っていますね？」

「ええ、もちろん！　幾つもの伝承があって、絵本だって描かれている伝説の英雄だもの」

王妃はその言葉に頷く。

「彼には仲間がいました。その中の一人がルディーリアの始祖《しそ》と呼ばれる勇者ウルバルトです。彼はレヴィンと共に魔神と戦った。そして魔神よりも恐ろしい者とも」

「魔神よりも恐ろしい者!? お母様それって」

エスメルディアは首を横に振った。

「それは分かりません。ですが、ウルバルトはレヴィンたちと共に戦い、魔神とそれを封じた。その時にウルバルトの右手の防具に嵌められていたのが、それだと言われています」

「この獣玉石が……」

エスメルディアは微笑んだ。

「伝承が真実なのかどうかは私にも分かりません。ですが今、英雄帝の再来と呼ばれているルオ様の傍に、獣玉石を身につけた貴方がいる。私にはそれがなんだか運命のような気がしてならないのです」

「……お母様」

エスメルディアは、自分を見つめるリーシャを眺めながら笑った。

「ふふ、余計なことを言ってしまいましたね。そんな大昔のことは貴方には関係のないことです。それよりも、さあ早くその姿をルオ様に見せてさしあげなさい」

リーシャは大きく頷いた。

「はい! お母様」

彼女は軽やかな足取りで部屋を後にする。

そのままサラと共にルオの部屋に行くが、彼はいなかった。

その時、近くをディアナが通りかかったので、リーシャはルオの居場所を尋ねる。

「坊やかい？　ああ、さっき少しばかり急用が出来てね」

「急用？」

「ああ、実はね、都からの使いの者がもうじきこちらに着くと、先に早馬で知らせが来てね。都からは長旅だ、わざわざ知らせが来るなんて気になるからね。ルオがフレアと一緒に、出迎えに行ったのさ」

「そうなんだ……」

リーシャはちょっとだけしゅんとしてしまう。

ドレス姿のリーシャを見て、ディアナはその肩に手を置いた。

「そんなにしょげなさんな。すぐに使いを連れてここに戻ってくるさ。来たら伝えておいてあげるよ。ふふ、その恰好を見たところ、例のダンスだろ？　今夜は満月が近い、月も綺麗だからね。この城の屋上なんてどうだい？　そこであんたが待ってるって伝えておいてあげるからさ」

そう言ってウインクするディアナに、リーシャは頬を染めると頷いた。

「あ、ありがとうディアナ」

サラもディアナに頭を下げると、二人で屋上への階段へと歩いていく。
「可愛いねえ。若いっていうのはいいもんだ」
ディアナはそう言うと、城の警備をしている騎士たちとの仕事に戻る。
一方で、リーシャは城の階段を上っていく。
ディアナが言ったようにもうすぐ満月ということもあり、空には美しい月が出ている。
城の屋上に出ると、それは一際美しく夜空に輝いていた。
「うわぁ、綺麗ね！　サラ」
「ええ、姫様」
二人は顔を見合わせた。
月が輝く空を見て、リーシャは胸をときめかせる。
（ルオ、このドレスを見たらなんて言うかなぁ）
無愛想だけどルオはとても優しい。
きっと褒めてくれるだろう。
そう思うと、リーシャはとても幸せな気持ちになった。
その時――
リーシャとサラはその場に凍り付いた。

一体いつの間にそこに現れたのだろうか。

屋上には一人の男がいる。

「誰⁉」

「誰だ貴様‼」

二人は身構える。

そこに立っているのは異様ないでたちの男だ。

白く輝く鎧と見事な剣、サラやリーシャにまで気配を感じさせなかったことを考えると、並みの人間ではない。

そして、その男は白い仮面を被っている。

サラは、ドレス姿の主に代わって剣を抜く。

だが、その瞬間――

彼女の剣は弾き飛ばされて宙を舞っていた。

「あぐ……そんな」

彼女の鳩尾《みぞおち》には男の剣の柄《つか》が食い込んでいる。

いつ剣を抜いたのか、いや、その前にいつ動いたのか。

男は既にサラとリーシャのすぐ傍にいた。

「うう、姫……様」

サラは呻くと崩れ落ちた。

月光の下で、男はリーシャを眺めると静かに口を開いた。

「リーシャ・ルディーリア。獣人の王女よ、俺と一緒に来てもらおう。その獣玉石と一緒にな」

## 7、神の眼

「サラ!!」

リーシャは倒れ伏したサラを見て叫んだ。

そして、自分のすぐ傍に立っている仮面の男を睨む。

「何者なの!?　よくもサラを!!」

爆発したリーシャの怒りに呼応して、周囲につむじ風のような突風が巻き起こる。

その風圧が、僅かだが男を後退させる。

リーシャの額にはエメラルドグリーンの魔聖眼が輝いていた。

そして、右手のガントレットに嵌め込まれた獣玉石が真紅に輝く。

突風が収まった時にはリーシャはその風に乗り、男とは距離を取っていた。

そして彼女の腕にはぐったりとしたサラが抱かれている。

「許さない……私は決めたの、この手でみんなを守るって。その為に強くなるって！」

サラをそっと地面に寝かせたリーシャの傍に、先程の風に舞って、一本の剣がくるくると回転しながら落ちてくる。

仮面の男に弾き飛ばされたサラの剣だ。

リーシャは男を睨みながら、落ちてきた剣の柄を鮮やかに握った。

そして構える。

風を身に纏ったリーシャの力は、以前よりも遥かに増している。

月光の下で白いドレスに身を包み、剣を構えるその姿は、まさに白の姫騎士の名が相応しい。

仮面の男は静かにリーシャを眺めている。

「風の魔聖眼か。白の姫騎士、噂よりは遥かに腕が立つようだ。だが、やめておけ。その程度では俺には勝てん」

リーシャの背中に冷たい汗が流れ落ちる。

男が言っていることがハッタリではないと、仮面の奥の瞳に漲る力から本能的に感じた。

仮面の男が手にする剣に、白い雷が絡みついていく。

男の額から凄まじい力が解放される。

仮面の奥で、バチバチと音を立てて輝く魔聖眼。

それを見て無意識にリーシャは呟いていた。

「雷の魔聖眼……」

その瞬間――

男はもうリーシャの目の前にいた。

その瞳が冷酷に彼女を見下ろしている。

「俺の力は雷。お前が風の速さで逃げたとて、決して逃げ切れはせんぞ」

男の剣が迫り、リーシャの目が大きく見開かれた。

ギィイイイイン！

凄まじい音が辺りに響き渡る。

最後まで抵抗しようと必死に剣を構えていたリーシャの前に、一人の女性が立っている。

その額に輝くのは白い光の魔聖眼だ。

「ディアナ！」

リーシャは思わず叫んだ。

突然の横槍に、仮面の男は一度大きく距離を取る。

ディアナは振り返ると、サラを守って戦っているリーシャを見つめて微笑んだ。

「よく頑張ったねリーシャ。いい目だ、あんたはきっとこれからもっと強くなる」

そして、仮面の男を睨んだ。

「何者かは知らないが、いい度胸《どきょう》をしているね。どうやら坊やの留守を狙ってこそこそと忍び込んできたらしいが。私がいると知って来たとしたら舐められたものだ」

ディアナは、屋上に異様な気配を感じてやってきたのだろう。

他の者が気が付かなかったとしても、彼女は別格だ。

天空に巨大な魔法陣が描かれていく。

リーシャが反応して声を上げた。

「ゼメルティアの門！」

それは最上位の精霊たちを召喚する為の巨大な魔法陣だ。

天空に扉が開き、そこから美しい何かが現れる。

仮面の男はディアナを眺めながら言った。

「聖なる大天使、ヴェレティエスか」

「ああ、あんたも名前ぐらいは知っているみたいだね。だけど、これはどうだい？」

月光が輝く夜空に現れた、美しい大天使。

まるでディアナの魔力と共鳴するように輝きを増したそれは、落雷するがごとく、ディアナに激突した。

「ディアナ⁉」

リーシャは見た。

そこに立っているのはディアナであってディアナではない、彼女にはそう思えた。

白く輝く翼を持つエルフの女騎士。

リーシャは息をのむ。

「これがディアナの本当の力なの⁉」

最高位の精霊と融合したその姿。噂には聞いていたが、そこから感じられる力はまさに超人と言ってもいいだろう。

美しい守護天使の瞳が、男の仮面の奥の目を射抜いている。

「どうやらあんたの狙いはリーシャのようだね。一体、何が目的なのか吐いてもらおうか？」

「断ると言ったら？」

仮面の男の答えにディアナの目が鋭くなる。

「なら、力ずくで吐かせるだけさ！」

ディアナの翼が大きく羽ばたく。

リーシャは、まるで閃光《せんこう》のような速さでディアナが男に踏み込むのを感じた。
あまりの速さに目で追うことが出来ない。
先程の男の動きと同等、いやそれ以上の速さだ。
そして突き出される見事な剣の動き。
勝負はついた、そうリーシャには思えた。
だが——
「ぐうっ‼」
リーシャはその光景に凍り付いた。
呻き声を上げたのはディアナだ。
仮面の男の剣が、ディアナの腹部を深々と貫いている。
リーシャは悲鳴を上げる。
「ディアナ！　いや！　いやぁあああ‼」
「くっ……うあ」
ゆっくりと崩れ落ちていくディアナの姿を、男は静かに見つめていた。
血が地面に流れていく。
リーシャは我を失ってディアナに駆け寄った。

「ディアナ……ディアナ！」

彼女は新しく出来た大切な仲間だ。

ルオと一緒に、皆でこれからもずっと笑顔でいられると思っていた。

共に剣の修練をしたり、食卓を囲んだりした楽しい時間が頭を掠める。

心を砕かれるような光景を目の当たりにし、リーシャはディアナの傍に蹲る。

「リ、リーシャ……」

ディアナは倒れ伏したままで、自分を倒した男を苦し気に見上げる。

彼の額で強烈に輝く光は、仮面を透かしてその形を見せる。

「ま、まさか……それは」

ディアナはその強烈な輝きに覚えがあった。

あの時、空の太陽さえも欠けさせたほどの力を。

そして男が手にする剣からも、同様に強烈な力を感じる。

男は静かにディアナに答える。

「神の眼を開くことが出来る者はゼギウスだけではない。そして神具を持つ者もな」

それはまさに、ゼギウスが最期に残したセリフと同じ言葉だ。

血の気を失っていくディアナの顔を見てリーシャは叫んだ。

「うぁあああああ!!」

リーシャは咆哮すると、男に向かって剣を振るった。

「許さない！　絶対許さない!!」

そして心の中で続ける。

(私が守るんだ！　みんなと一緒の幸せな時間を、私が!!)

凄まじい輝きを見せるリーシャの魔聖眼と獣玉石。

リーシャの動きは疾風を超えて、白い閃光のようにさえ見える。

だが――

気が付くと、サラの時と同じように、彼女の鳩尾に男の剣の柄が深々と突き刺さっていた。

「う……あ。ルオ……」

リーシャの瞳からぽろりと涙が零れる。

そして、彼女は失いかけたその意識の中で、男の背中に白い翼が広がっていくのを見た。

ディアナのように精霊と融合《ゆうごう》して生まれたものではない。

元からその背にあったかのようにそれは広がっていくと、男はリーシャを脇に抱えながら空へと舞い上がる。

同時に、屋上に多くの騎士たちが駆け上がってきた。

彼らもようやく屋上での異変に気が付いたのだろう。

その中にはグレイブと共に、エミリアの姿もある。

「エミリア様！　あれは一体」

あまりの光景に、エミリアたちは呆然と凍り付いた。

「ディアナ……リーシャ!!」

血を流して倒れているディアナと、空を羽ばたく男に連れ去られようとするリーシャの姿を見てエミリアは叫んだ。

男は大空に舞い上がりながらエミリアに言った。

「ルオ・ファルーディアに伝えることだ。次の満月の夜、この娘の血で時は満ちる。娘の命が惜しければ約束の地に来ることだ、とな」

そう言い残し、男は遥か天の彼方《かなた》に羽ばたいていく。

エミリアは蒼白になって胸を手で押さえる。

「リーシャ……」

そして、ハッとしてディアナのもとに駆け寄った。

「ディアナ！　しっかりして!!」

エミリアの必死の呼びかけに、ディアナは青ざめた唇で呟く。

「ドジを……踏んじまったね。坊やに伝えて……リーシャを助けて……約束したんだ、あの子……ルオとドレスを着て踊りたいって」

「ディアナ、喋っちゃ駄目。分かったから……」

朦朧《もうろう》としながらも、自分よりもリーシャのことを心配するディアナの姿に、エミリアは涙が止まらない。

必死にディアナの傷に手を当てると、全身全霊《ぜんしんぜんれい》を込めて治療をする。

額に輝く聖なる魔聖眼。

その力で一度は閉じた傷だったが、またゆっくりと開いていく。

まるで治療すら許さぬ恐るべき武器に切り裂かれたかのように。

「どうして？　どうしてなの⁉」

エミリアは、自分の力ではディアナを救うことが出来ないと知り絶望する。

だが、それでも治療をあきらめることが出来なかった。

（ルオ様、ディアナが！　ルオ様！）

ディアナの傷に手を当ててひたすら祈り続けた。

◇　◇　◇

その少し前、ルオとフレアは、都からこの西方へとやってきたロランと合流していた。

ロランは申し訳なさそうにルオに頭を下げる。

「すみません。長旅で皆疲れ切っていたので、少しだけ休んでから城へ向かうと伝令の方にお伝えしたのですが、迎えに来て頂いて恐縮です」

それを聞いてフレアが答える。

「まったく。わざわざ都からジュリアスの使いが来るなんて、何かあったと思うじゃない」

「すみません、フレア様。ですが、西方からお戻りになる前にお伝えしておいた方がいいことがありまして」

馬を並走させながらルオは尋ねる。

「どうやら何か重要なことのようだな、ロラン」

ルオの問いに、ロランは真剣な表情になると答える。

「はい、実は例の神具の件で幾つか分かったことがあるのです」

その言葉にフレアも真顔になる。

「神具って、ゼギウスが使っていたあの槍のことね。確か封じた魔神の名前と同じで、デュランスベインと言ったかしら」

「ええ、フレア様。神具は一つではないというゼギウスの言葉を気になされて、ジュリアス様が僕に調べるようにと。その為に、多くの人材を与えてくださいました。各地の情報はもちろん、識者や学者の手による伝承や神話の検証なども含めて、これまでずっと調べ上げてきたんです」

ルオはロランを見つめると言う。

「わざわざジュリアスがここまでお前を使いによこしたということは、それが西方と何か関係があるということか？」

「はい、ルオ様やフレア様もご存じでしょう？　ここからさらに西にいった場所にある大国、シュトハイドが近年幾つかの国を滅ぼして、その勢力下におさめていることを」

フレアはロランの言葉に頷く。

「ええ、知っているわ。黒騎士王ジャミルは残忍で冷酷な男だってことも」

「はい。ですが、様々な伝承を調べ上げていくうちに、奴は無闇にその魔の手を伸ばしているわけではないと分かったのです」

「どういうこと？　ジャミルは領土以外の目的があって多くの国を滅ぼしてるとでも言うの？」

フレアは尋ねた。

ロランは大きく頷く。

「はい、フレア様。恐らくあの男の目的は……」

ロランが言いかけた、その時——

天空に巨大な魔法陣が浮かび上がっていくのをルオたちは見た。

その中心にあたるのは、今拠点にしている西方の城だ。

「ルオ！」

「ああ、あれはディアナの」

フレアは怪訝《けげん》な顔になる。

「どうしてディアナがゼメルティアの門を？　まさか……何かあったのかしら」

ルオは空を見上げると、フレアに言った。

「フレア、ロランを連れて後から来い！　俺は急いで城に戻る」

その言葉にフレアは大きく頷いた。

「分かったわ、ルオ！　ロラン、話は後よ」

「は、はい！」

ロランがそう答えた時にはルオはもう、騎乗した白馬を加速させて前方へと走り出していた。

ルオを見送りながらも、フレアとロランもそれを追って馬を走らせる。

「一体何があったの？　ディアナ」

この地に、ディアナがゼメルティアの門を開かなくてはならない相手などいないはずだ。

フレアは胸の中に不安を感じながら、城の方を見つめていた。


一方、ルオは馬を走らせ、城へたどり着くと階段を駆け上がる。

ディアナとエミリアの魔力を屋上から感じたのだ。

エミリアの魔力はまるで必死に何かに抗《あらが》うかのように高まっていく。

そして、一方でディアナの魔力は次第に弱まっていっていた。

「ディアナ！　エミリア!!」

屋上へ駆け上がりルオは叫ぶ。

その姿を見てエミリアは泣きながら答えた。

「ルオ様！　ルオ様、ディアナが!!」

床の上にはディアナが横たわっている。

そしてその横では、エミリアが必死の思いで治療を続けていた。

塞いでもまた開いていく傷を何度でも塞ぐ。

流れ出る涙で視界が霞《かす》んでいるだろうに、それでもしっかりと傷口に手を当てて、全身全霊で魔力を注ぎ込む。

ルオが来たことに気が付いたのか、ディアナは微かに目を開いた。

そして震える唇で言う。

「坊や……リーシャを」

「分かってるわディアナ。心配しないで。リーシャはルオ様が救ってくださるから、だからディアナ……」

ルオはディアナの傍に膝をつくと、傷の上にあるエミリアの両手に手を添えた。

エミリアは涙に濡れた瞳でルオを見つめる。

「ルオ様、私どうしたら。傷が塞がらないの……傷が」

ディアナの鼓動が弱まっていく。

逃れられない死が迫っていることに、エミリアはもう気が付いていた。

そしてとうとうディアナの鼓動は止まった。

エミリアは彼女の手を握り締めて叫んだ。

「ディアナぁああ！　お願い目を開けて！」

ルオは真っすぐにエミリアを見つめる。

そしてディアナの呼吸と鼓動を確認すると言った。

「駄目だ、もう死んでいる」

「そんな！　ルオ様……」

エミリアはすがるようにルオを見つめる。

「ディアナを助けて、お願いルオ様！」

ルオは冷たくなっていくディアナを眺めながら、エミリアに申し出た。

「エミリア、俺一人の力ではディアナを救えない。力を貸してくれ」

ルオの真剣な眼差しにエミリアは頷いた。

「何でもします！　ルオ様、仰ってください」

気が付くと、ルオの右手には一冊の本がある。

その無数のページが空を舞い、ルオの額の聖印の力を強めていく。

いや、まるで彼の魂そのものを書き換えていくかのように、無数の数式が宙を舞うページに描き出され変化していく。

そしてその額には、魔聖眼を超える瞳が浮かび上がっていく。

ゼギウスを倒した時にルオの額に開いた真実の瞳。神の眼だ。

エミリアがそれを見つめると、ルオはゆっくりとエミリアの額の魔聖眼と自分の神の眼を触れ合わせる。

「エミリア、俺を信じろ。そしてお前の力もな」

ビクンとエミリアの体が震える。

普段のダンスの時とは異なり、静かに魔力を押し上げるのではない。

エミリアに激流のような力が流れ込む。

その強烈さに怯えながらもエミリアは頷いた。

「ルオ様、貴方を信じています」

エミリアは、自分が今までの自分から変わっていくのを感じた。

身を焦がすような熱さを全身に感じて、思わず声が出てしまう。

「あああ!!」

細く美しい体がガクガクと震えた。

(体が燃えてしまいそう！　ルオ様!!)

それでもしっかりとルオの額に自分の額を押し当てて、祈り続けた。

神聖な光がエミリアの周囲に集まっていく。

その可憐な唇はルオに教え導かれるように詠唱を紡《つむ》ぎ出す。

「我、聖なる力をもって魂の絆離れし者に救いの手を差し伸べん！」

エミリアの額の輝きは今までにないものだ。

魔聖眼すら超える力を放っているかのように思える。

その光が極限まで高まった時、エミリアは叫んだ。

「蘇生魔法、リザレクション!!」

凄まじい光が、ディアナの傷口に触れたエミリアの手から放たれる。

その光の力で傷がようやく塞がっていく。

周囲にいる騎士たちも声を上げた。

「こ、この力は！」

「なんと美しい」

神聖な光がディアナを包み込んでいく。

エミリアの詠唱が、もはや体から離れようとしているディアナの魂を、辛うじて繋ぎとめたのか、微かに彼女の唇が動いた。

だが、目はまだ虚《うつ》ろだ。

生は辛うじて繋ぎとめても、魂が完全には入っていない器のように。

一度鼓動が止まり死んでいるのだ。

この状態になっただけでも奇跡だろう。

ディアナはその時、虚ろな瞳で必死に自分の為に祈る二人を見つめていた。

（ルオ……エミリア、馬鹿だね、私の為にそんなに必死な顔をして）

まるで深い海の中に沈んでいくようだ。

ディアナはそう思った。

それが魂が帰るべき場所なのか何なのかは分からない。

辛うじて繋ぎとめられた魂と肉体の細い糸も、すぐに切れてしまいそうに思えた。

エミリアが苦し気に呻いた。

「ルオ様、もうもちません。これ以上はディアナの魂を繋ぎとめておけない！」

「エミリア、あきらめるな！」

ルオはそう言うと、虚ろに開いたディアナの瞳を見つめる。

そして、彼女の額に自分の額を押し当てた。

強烈な輝きがルオの額から放たれると、その光はディアナの額の中に入っていく。

その時——

ディアナは、自分が沈んでいく大海に誰かが飛び込んでくるのが見えた。

彼女に手を伸ばし、何かを叫んでいる。

「帰って来い！　ディアナ‼」

その声がはっきりと聞こえる。

底のないようにさえ思える海に飛び込んで、自分の手をしっかりと掴む男の顔をディアナは見つめ、目を見開く。

(どうして坊やの魂がここに？　まさか、強引に己の魂を肉体から切り離したってのかい？　自分の魂を危険にさらすような無茶をして)

力強い眼差しで彼はディアナを見つめ返した。

「戻って来い！　お前が戻らなければ、俺も一緒に行くことになる」

ディアナが自分の右手を見ると、まるで魂が絡み合ったかのように、ルオのそれとしっかりと結びついている。

決して離れることがないように。

強く、そしてしっかりと。

ディアナが戻らなければルオも同じ運命を辿るだろう。

あの深い海の奥に何があるのかも分からないと言うのに。

その行いは、必ず助けるという断固たる決意の証に思えた。

ディアナは微笑んだ。

「馬鹿な男だね……そんな顔して。その目が女を夢中にさせる。悪い男だ」

深い海に落ちていかないように自分を固く抱きしめる男の頬に、ディアナはそっと口づけをした。

(フレアやエミリアの気持ちがよく分かる。私も本当に坊やを好きになってしまいそうだ)

ディアナはルオと魂が溶け合うような感覚に陥って、それに幸せを感じていることに気が付いた。

(そうか、もう私は坊やのことを……)

自分の為じゃない、この少年だけは死なせてはいけないとディアナは心から願った。

美しい鼻梁が震える。

ディアナはルオの背に腕を回す。

「はぁあああああ!!」

全身全霊の力を込めてディアナは叫んだ。己の魂の全てをかけて。

ルオの魂と自分の魂が結びつく。

そして、自分の魔力が今までになく高まっていくのを感じた。

「行くぞ、ディアナ!」

「ああ、坊や!」

ルオと溶け合うように一つになって、深い海の中から光の方へと進んでいく。

光に激突したその瞬間、ディアナは目を覚ました。

まだ顔は青ざめてはいるが、その目はもう虚ろではない。

ディアナは自分の手を見つめる。

「これは……」

先程までの魂としての存在ではない。

確かに肉体があることを感じる。

ディアナはルオを見つめると、少し恥ずかしそうに頬を染めた。

魂が結びついたあの瞬間、目の前の少年に自分の気持ちを知られたような気がしたからだ。

その頬に、温かい何かが落ちては流れていった。

「ディアナ……良かった、ディアナ」

ディアナはそっとエミリアの頬に手を触れて、彼女の涙を拭いた。

「エミリア、借りが出来たようだね。ありがとう」

ディアナらしいその言葉に、エミリアは微笑んだ。

ルオはエミリアの手をしっかりと握る。

「エミリア。お前の力がなければディアナは救えなかった」

「ルオ様……」

エミリアもルオの手をしっかりと握りかえした。

瀕死《ひんし》の状態ならともかく、一度死んだ者の魂を肉体に呼び戻すなど、伝説の中に出てくる聖女でもなければ不可能である。

いくらルオでも一人では無理な話だ。

ルオの力と、聖王女と呼ばれるエミリアの素質の賜物《たまもの》だろう。

ディアナはゆっくりと立ち上がろうとする。

「あう！」

まだ蘇生したばかりでがくがくと足を震わせてよろめいた。

そんなディアナをルオが支える。

「無理をするなディアナ」

ディアナは、ルオを見つめる。

「坊や、寝てはいられないんだ。リーシャが……」

「ディアナ、一体何があった？　リーシャがどうかしたのか？」

ルオの言葉にディアナは唇を噛みしめた。

「すまない、私が居たっていうのにこのざまさ。リーシャが攫《さら》われたんだ。それも神具を使う男にね」

「リーシャが攫われただと？」

「ああ……」

そんな中、グレイブが声を上げた。

「ルオ様、エミリア様！　こちらにサラ様が」

少し離れた場所にサラが倒れている。

エミリアは彼女に駆け寄った。

「サラ！」

エミリアはサラの体の上に手をかざした。

丁度その時、フレアとロランが慌てた様子で屋上に駆け上がってくる。

城内の兵士から屋上での騒ぎを聞いたのだろう。

蒼白な顔でルオに寄りかかるディアナの姿と、床に倒れているサラに気が付いてフレアはルオに問いかける。

「これは一体！　何があったのルオ!?」

ルオはフレアを見つめると答えた。

「フレア……リーシャが攫われた」

「なんですって！　リーシャが!?」

信じられない言葉にフレアは目を見開いた。

そんな中、エミリアの力がサラを包むと、彼女はゆっくりと目を開いた。

「良かった！　気が付いたのねサラ」

「エミリア様……それにルオ様たちも」

自分の周りに集まっているルオたちの姿に、サラは一瞬呆然としたが、その後ハッとした。

そして悲鳴にも似た声を上げる。

「リーシャ様は！　リーシャ様はどこにいらっしゃるのです⁉」

サラは辺りを見渡すと悲痛な顔でルオに尋ねた。

まるですがるようなその眼差し。

いつもは凛としているサラとは思えないほどに取り乱している。

彼女の目の前で起きたことを考えれば、それも当然だろう。

ルオはサラを落ち着かせるようにその頬に手を当てると、真っすぐに彼女を見つめた。

「落ち着いて聞いてくれ、サラ。リーシャは何者かに攫われた。お前が知っていることを聞かせてくれ」

「ルオ様……ああ、そんな」

サラは涙を流しながらルオの体に身を預けた。

その後、気が動転している自分をなんとか奮《ふる》い立たせようと拳を握る。

そしてルオの顔を見つめた。

「白い仮面を被った男が突然屋上に現れて、気が付いた時には私は……恐ろしい腕を持つ男でした」

「仮面を被った男だと？」

ディアナがルオに体を預けたまま頷いた。

「ああ、間違いない。私とも剣を交えた。仮面で隠れていたから確かなことは言えないが、恐らくあの男は、坊ややゼギウスのように神の眼を開いていた」

フレアは驚いたように言う。

「神の眼ですって？　まさかそんな……」

サラはぐったりとしたディアナの様子から、彼女でさえその男からリーシャを守ることが出来なかったのだと悟った。

彼女は、リーシャの最後の様子をうわごとのように口にする。

「ディアナ様とお話をした後、リーシャ様と一緒に屋上へ。月が綺麗で、リーシャ様は本当に幸せそうでした。ルオ様がお帰りになるのをとても楽しみにして……」

まだ気が動転しているのだろう。

サラは震える声で話しながら涙を流した。

「ディアナの目の前でリーシャを連れ去るなんて、一体何者なの？　それにどこに？」

フレアの問いにサラは首を横に振った。

殺すつもりならこんな面倒なことはしないだろう。

それはつまり、何か目的があってリーシャを連れ去ったということだ。

フレアはそう思った。

(でも、何故リーシャを?)

フレアはサラを見つめながら唇を噛みしめた。

「……分かりません。ああ、ルオ様どうか姫様をお救いください! お願いします」

そう言ってサラは泣き崩れる。

エスメルディアから貰ったドレスを着て、あんなに嬉しそうにしていたリーシャを見て、サラもとても嬉しかった。

ルディーリアは滅んでしまったが、これからはリーシャたちと一緒に幸せに暮らしていけると信じていたのだ。

その矢先の出来事に、サラは騎士としての自分を保つことが出来ずに涙を流し続ける。

ルオはじっとその姿を見つめていた。

自分の力だけでは彼女たちを守ることが出来ずに、悩み続けていたリーシャの姿を思い出す。

それでも、前に進もうと決意して一緒に剣の修業に打ち込むその姿も。

ルオはサラの手を握ると答えた。

「安心しろ、サラ。そいつが誰かは知らんが許さん。リーシャは必ず俺が取り戻す」

「ルオ様……」

ルオの力強い言葉にサラは再び涙をこぼした。

フレアはサラに尋ねた。

「サラ、他に覚えていることはないの？　その男について、何でもいいわ」

「その男は私が気を失う前に言っていました。『獣人の王女よ、俺と一緒に来てもらおう。その獣玉石と一緒にな』と」

「獣玉石……リーシャのガントレットに嵌められていた赤い宝玉のことね」

フレアの質問にサラは同意する。

「はい、フレア様」

ルオはサラに尋ねた。

「サラ、お前は何か心当たりがあるか？　どうして、リーシャとあの石が狙われたのかを」

「いいえ、分かりません。ですが、あの石はとても大切なものだとエスメルディア様が。ルディーリア王家に伝わる伝承では、英雄帝レヴィンと共に戦った、獣人族の勇者ウルバルトの右手の防具に嵌められていた宝玉だと」

それを聞きながら、エミリアも口を開いた。

「ルオ様、あの男はリーシャを連れ去る時に言っていました。『次の満月の夜、この娘の血で時は満ちる。娘の命が惜しければ約束の地に来ることだ』と」

「満月の夜？　それに約束の地とはどういうことだ」

その時、ずっと黙って話を聞いていたロランが呟いた。

「満月の夜、勇者ウルバルト、やはりそうか……」

「どうしたロラン。何か知っているのか？」

ロランは暫く考え込むと答えた。

「はい、ルオ様。もしも、僕が調べたことが真実だとしたら、リーシャ王女が何処に連れていかれたのか分かるかもしれません。それに何の為に連れていかれたのかということも」

## 8、伝承

思いがけないロランの言葉に、ルオは彼の方を振り返る。

そして問いかけた。

「ロラン、それは本当か？」

「はい。まさかルディーリアの王女殿下がここにいらっしゃるとは思いませんでした。こんなことになるのなら、もう少し僕が早くここに着いていれば」

悔しそうに俯いたロランの肩に、ルオが手を置いた。

「過ぎたことを悔やんでも始まらない。今はリーシャを助ける手掛かりが欲しい。話してくれロラン！」

ルオの力強い言葉に、ロランは勇気づけられたように口を開いた。

「分かりました、それではお話をさせて頂きます。まずはこれをご覧くださいませ、ルオ様」

ロランはそう言うと、持参した荷物の中から幾つかの資料を取り出して床に並べていく。

その間にジークも屋上へとやってきた。

事情を聞いて驚くと、ルオたちと共にロランが並べた資料を眺めた。

ロランは皆に問いかける。

「英雄帝レヴィンの伝承は皆様もご存じでしょう？」

彼の言葉にフレアが頷いた。

「ええ、知っているわ。今から二千年前、多くの英雄たちを率いて、魔神と呼ばれるデュランスベインを倒した男よ。彼が英雄帝と呼ばれているのは、自国の英雄だからってだけじゃない。多くの国々の勇者たちを束ねて魔神を打倒したから。だからこそ、彼が生きている間はこの大陸の全ての国が彼を皇帝、いいえ、英雄帝として敬《うやま》い、そのもとでかつてないほど栄えたと言うわ。歴史上でただ一人、この大陸の統一を成し遂げた男よ」

フレアの言葉に、ロランは大きく頷くと続きを話し始める。

「そうですフレア様。正史にはそう書かれている。魔神デュランスベインを倒した偉大なる英雄帝レヴィン、と。ですが、その伝承は表向きのものでしかないのです」

「……それはどういう意味なの」

エミリアは訝《いぶか》し気《げ》にロランに問いかける。

「はい、エミリア様。実は二千年前、レヴィンたちが戦ったのは魔神だけではなかった。それ以上の恐るべき相手が存在したことは、正史では隠されているのです」

「それ以上の恐るべき存在？　一体何のことを言ってるんだい！」

ディアナがロランを問い詰める。

リーシャを目の前で攫われたことの焦りがそうさせるのだろう。

ルオは静かにディアナを窘《たしな》める。

「ディアナ、ここはロランの話を聞こう。今は正確な情報が欲しい。リーシャを助ける為にはそれが必要になるはずだ」

ルオの肩を借りながらディアナは気を取り直したように頷いた。

「そうだね……坊やの言うとおりだ。ロラン、すまない。続けてくれ」

「は、はい」

ロランは頷く。

「ここに集めた資料は、どれも正史からはかけ離れた伝承と言われています。荒唐無稽《こうとうむけい》な出鱈目《でたらめ》だと、考古学者や歴史学者からは歯牙《しが》にもかけられていない。ですが、奇妙に共通している部分があるのです。これをご覧ください」

ここに集められたものはジュリアスの命令で、ロランが調べ上げたものだ。

その中の一枚をロランは指さしている。

「これは……」

フレアは、一枚の古びた紙に描かれた、魔神とレヴィンたちの戦う姿を見つめた。

その後ろには妖しい黒い影が共に描かれている。

それに似たものは別の紙にも同様に記されていた。

「ロラン、この黒い影のようなものは一体なんなの？」

フレアと同様に、エミリアもそれを眺めながら言った。

「ええ、魔神とは違うもののように描かれていますね。それに、魔神よりもずっと禍々《まがまが》しい……」

二人の問いにロランは首を縦に振ると説明をした。

「残された資料に記された古代文字を読み解くと、どうやら闇の獣と呼ばれている存在のようです」

「闇の獣だと？」

そう問い返すルオにロランは頷くと続けた。

「ここに集めた伝承によれば、それは魔神デュランスベインさえも遥かに凌《しの》ぐほどの力を持っていたと言われています」

フレアはそれを聞いてゾッとした。

「あのゼギウスの中に降臨した闇の神よりも強い力……」

太陽さえ欠けさせるほどの力を持つ魔神、それよりも遥かに強い力を持つ者がいると聞き、エミリアも思わず体を震わせる。

「ロラン、そんなものが本当に？」

「ええ、あまりにも恐ろしい存在の為、伝承にさえ殆ど残されていません。当時の多くの人々にとっては口にするのも憚《はばか》られる存在だったのでしょう。呪われた存在、決して口にしてはならないもの、などとも記されている資料もあるほどですから」

それを聞いてサラは大きく頷いた。

「そういえばエスメルディア様も仰っていました！　獣人族の勇者ウルバルトはレヴィンと一緒に、

魔神とそれよりも恐ろしい者と戦ったと。それがルディーリア王家に伝わる伝承の中に記されているそうです」

「やはりそうですか……」

ロランの言葉にサラは問い返す。

「やはりとは？」

「はい、獣人の勇者ウルバルトとレヴィンは盟友とも呼ばれる仲でした。そして、そもそもの悲劇は、勇者ウルバルトの娘が、卑劣な男の手で生贄として捧げられたその時から始まったのです」

フレアが悲痛な声を上げる。

「生贄ですって⁉」

エミリアも隣で息をのんでいる。

ロランはその横の紙を指さした。

「はい、これをご覧くださいませ」

それは、何かの儀式の様子が描かれた絵だ。

赤い宝玉が嵌められた腕輪をした獣人の少女が、祭壇に祭られている。

そして、一人の黒ずくめの魔導士が少女の喉に剣を突き付けていた。

その後ろには先程の黒い影のようなものが描かれている。

ディアナが尋ねる。

「ロラン、これは一体なんだい？」

ロランはディアナを見つめると言った。

「生贄の儀式です。闇の獣を呼び出し、恐るべき力を手に入れる為の儀式。この剣を持つ異端《いたん》の魔導士こそが闇の獣という化け物の力によって、魔神デュランスベインと呼ばれるようになったといいます」

「なんだって！　じゃあ、この化け物が、魔神と呼ばれる存在を生み出した根源だって言うのかい？」

ロランは頷く。

「僕も初めは信じられませんでした。元々これらの資料は、どれも正史に書かれたものではありませんから。ただ、ゼギウスが言い残したように神具が他にもあるとしたら、それを確かめるにはレヴィンや魔神のことをより掘り下げて調べ上げる必要がありました。隠された事実さえも。これは今までは誰も興味を持たなかった多くの神話を調べ上げた結果、導き出した結論です」

ディアナは自分と戦った男のことを思い出す。

その額に浮かび上がった神の眼を。

ディアナは低い声でロランに問う。

「他にも神具はある。ゼギウスの言葉は本当だということかい？」

「はい、かつて異次元に封じられた神具と呼ばれるものは、元々三本あるということが分かりました」

ルオはロランを見つめた。

「三本だと？　ゼギウスが使った闇の神具デュランスベインはその一つに過ぎないということか？」

「そうですルオ様。レヴィンの聖なる槍に魔神を封じた、闇の神具デュランスベイン。闇の獣を封じた、勇者ウルバルトの斧ブルンズバルト。そして最後が、レヴィンの盟友《めいゆう》にして彼に力を貸したと言われている翼人族《よくじんぞく》の英雄ルーファスの剣、エクスデュレインです」

「エクスデュレイン？」

フレアが資料を見ながら尋ねる。

ロランが指さす資料には、闇が封じられ禍々しい姿になった二つの武器と、神々《こうごう》しく輝くひと振りの剣が描かれている。

「闇を封じた二つの武器を異次元に封じる鍵として使われたのが、エクスデュレインとされています。聖なる雷を纏う剣だと言われていますが」

それを聞いてディアナがギリッと歯を噛みしめる。

「エクスデュレイン……まさか、あの剣がそうか！　私を倒した男が持っていた剣、確かにあれには凄まじい力が宿っていた。ヴァルフェントの魔剣バルベオスのようなまがい物じゃない。使い手に神の眼を開かせるほどの力を持つ、本物の神具だ」

ロランは頷く。

「ええ、強大な力を秘めている為に、使いこなせる者は限られるでしょうが。恐らくはそれが、かつて英雄ルーファスが使ったという翼人族の聖剣エクスデュレインで間違いないでしょう」

エミリアも言う。

「それではリーシャを攫ったあの男は翼人族なのでしょうか？　背中に翼を広げていましたし、あの翼からはとても強い魔力を感じましたわ」

「恐らくそうだろうね。翼人族の翼はその強い魔力が具現化したものだって言われてるからね。普段は隠しているんだろうさ、こそこそとリーシャを攫うような卑怯者だからね！」

ディアナは怒りを隠し切れずに拳を握り締める。

「今回の一件の黒幕はあの男ってことかい？　まさか、リーシャを生贄にでもして、その闇の獣とかいう化け物の封印を解こうとでもしてるんじゃないだろうね」

「そんな……姫様が生贄に」

サラの顔が蒼白になっていく。

だが、ロランは首を横に振って答える。

「その男のことは私は分かりません。ですが、黒幕は別にいます」

それを聞いてディアナは気色《けしき》ばむ。

「一体誰だい!?」

ロランは静かに皆を眺めながら答えた。

「黒騎士王ジャミル。西の大国シュトハイドの王です」

「ジャミルだと？」

ルオがそう問い返すとロランは頷く。

「はい、ルオ様。先程道中でもお話ししましたが、黒騎士王ジャミルは幾つかの国を滅ぼしている。ですが、ジャミルの本当の目的は、二つの国を滅ぼし手中に収めることだったのです。他の国は、その国へのルート上にあった為に滅ぼされたに過ぎない」

ロランは荷物から大きな地図を取り出すとそれを床に広げた。

都でジュリアスに見せたのと同じものだ。

そこには、この大陸全土が描き出されていた。

そして、ロランは滅ぼされた国々に印を打っていく。

ジークが目を見開いた。

「これは……」

「はい、ロゼファルス伯。ジャミルの侵略の進行方向は二つ。ですが、その先にある二つの国を手中に入れてからは動いていない。つまり目的がこの二国だったと考えれば頷けます」

シュトハイドに滅ぼされた領土の先端にある国をジークは見つめている。

「一つは翼人の国フェレリア。そしてもう一つは……」

サラはそこに描かれた国を見て怒りに震えている。

「獣人の国ルディーリア！　我が祖国です!!」

ロランは頷き言った。

「翼人族でさえもう知らぬことかもしれませんが、隠された伝承によると、エクスデュレインによる封印を解けるのは、その持ち主である英雄ルーファスの血を引くフェレリア王家の者だけ。封印が解かれた時、その武器は主のもとへ帰ると記されています」

「つまり、それぞれの英雄たちがいた地に戻るということか？」

ルオの言葉にロランは首を縦に振った。

「恐らくはそうでしょう。ジャミルはフェレリア王家の誰かに封印を解かせる為に、フェレリアを手中に収め、そして闇の獣が封じられた斧を手にする為にルディーリアを滅ぼした。もちろんデュランスベインも手にするつもりだったのでしょうが、アルディエントは大国です。迂闊《うかつ》に手は出せぬ為、他の神具を手にしてから滅ぼし、その後で手中に収めようとしたのではないかと。誰にも信じられていない伝承ですから、自分がアルディエントを落とすまで、槍の存在に気付く者はいないと踏んだのでしょう。ですが、そこで邪魔が入った」

皆の頭の中に一人の男の名がよぎる。

その名をルオが口にした。

「ゼギウスか」

「はいルオ様。そう考えれば全てに辻褄《つじつま》が合います。ゼギウスは恐らくジャミルの狙いを知っていて泳がせていたのでしょう。自らが闇の神具を手にする為に」

フレアが呻いた。

「だからゼギウスは、他に神具を持つ者がいると知っていたのね」

「私の報告を聞いて、ジュリアス様はそうお考えになられました。確かにそれなら納得がいきます。互いに神具を持ち、膠着《こうちゃく》状態になった。野心の強い二人が決して双方の領土に踏み込まなかった理由も分かります」

ジークはそこまで聞いてロランに尋ねた。

「闇を封じた二つの神具。その神具に封じた闇を先に解放したのは、ゼギウスというわけですね」

「そうなります。ゼギウスはあの時、英雄帝を名乗ると豪語していました。いずれはシュトハイドも滅ぼし、大陸全土をその闇の力で支配しようと考えていたのでは、と思います」

エミリアはあの恐ろしい男が支配する世界を想像してその身を震わせた。

ディアナは忌々《いまいま》し気に歯噛みすると吐き捨てる。

「どちらも悪魔だね。そんな化け物たちの力で世界を支配するだなんて。ジャミルは本当にリーシャを生贄に、闇の獣とかいう化け物を蘇らせようとしてるんじゃないだろうね。もしそうだとしたら、そんなこと許すわけにはいかないよ！」

「ルオ様！　どうか、姫様をお救いくださいませ。ああ、あの悪魔にリーシャ様が！」

サラは悲痛な面持ちでルオにすがった。

「サラ、分かっている。そんな真似は絶対にさせん！」

フレアはルオに尋ねた。

「でもルオ、どうするつもり？　あの男が言っていたっていう満月までは、あと三日しかないわ。精鋭部隊を引き連れてシュトハイドの都に乗り込んだとしても、その前に逃げられたとしたらリーシャの居場所は分からなくなる。その先で儀式が終わってしまえば、リーシャを助けることは出来ないわ」

フレアの言葉にルオは考え込んだ。

確かにフレアの言う通りだろう。

相手の首都へと行軍するうちに、情報が伝わって逃げられれば終わりだ。

それに神具を持つ謎の翼人の存在もある。

そんな中、ロランは皆を静かに見つめながら口を開いた。

「大丈夫です、ルオ様。三日後、奴が赴く場所は分かっています。そこで待ち受ければ、リーシャ王女を取り返す機会は必ずあるはずです！」

ロランの言葉にエミリアが大きく頷いた。

「あの男が言っていた『約束の地』ね！」

「はい、エミリア様。生贄の儀式が行われるとしたら、必ずここにジャミルたちは現れるはずです。

二千年前がそうだったように」

そう言ってロランが指さす場所をルオたちは見つめた。

サラはそこを見て息をのむ。

「まさかここは……」

ディアナは大きく頷く。

「坊や、行こう！」

エミリアもフレアもルオを見つめる。

「ルオ様！」

「行きましょうルオ！　リーシャは私たちの大切な仲間だわ、放ってなんておけない」

ルオは頷くとロランの労苦をねぎらった後、皆に言った。

「ああ、行くぞ！　リーシャは必ず取り返す‼」

そしてマントを翻す。

周りの者たちはその宣言に、大きな歓声を上げると立ち上がった。

◇　◇　◇

ルオたちが、リーシャ救出に動き始めた翌日。

リーシャは、硬い石畳の上で目を覚ました。

まだ、仮面の男に攻撃を叩き込まれた鳩尾が痛み、思わず呻き声を上げてしまう。

「う……うう」

それでも用心深く周囲を見渡した。

どこかの建物の中のようだが、周りは薄暗い。

だがもう夜ではないことは、近くの窓から差し込む光で分かった。

窓の位置や、頑丈そうな建物の作りから考えると、まるでどこかの城の地下にある広間のように思える。

「ここは……」

リーシャはもう一度辺りを見渡す。

一体自分がどこに閉じ込められているのか確認しようと壁の方へと移動するが、首を絞められるような感覚に、その場に膝をついた。

「うう！」

首元を確かめると、まるで獣にするように、リーシャの首には首輪が嵌められている。

そして、そこから繋がった鎖が床にしっかりと金属で固定されていた。

「こんなもの！」

リーシャは意識を集中させて聖印を開こうとする。

風の魔聖眼の力を身につけたリーシャなら、こんな鎖を切り裂くことなど容易だろう。

だが――

「そんな……どうして？」

リーシャの風の力が解放されることはなかった。

それどころか聖印を開くことすら出来ない。

獣気を高めても、まるで吸い取られるように首輪と鎖にその力が流れていってしまうように感じた。

焦りを感じて唇を噛みしめる。

（どうして！　一体、私はどうなったの？　どこに連れてこられたの？）

リーシャは自分がいる広間の中心に何か大きなものがあることに気が付いた。

「これは……」

それは巨大なクリスタルだ。

その中心には一人の女性の姿があった。

美しい女性だ。

背中には六枚の白い翼が生えている。

その時——

「気になるか？」

その言葉に、リーシャはハッとして声がした方を振り向いた。

気配もなくそこに立っていたのは、リーシャを連れ去った白い仮面を被った男だ。

「お前は!!」

リーシャは怒りの表情を浮かべる。

サラが、そしてディアナがどんな目に遭ったのか思い出すと体が震えた。

「殺してやる!!」

ディアナの腹部に深々と突き刺さった剣、そして屋上の床を流れる血が頭をよぎると、普通ではいられない。

我を忘れて男に飛び掛かったが、首輪を地面に繋いでいる鎖が限界のところまで伸び切ると、リーシャはまた地面に転がった。

「うう……」

リーシャは首を押さえて蹲る。

男はリーシャに向かって歩いてくると、クリスタルの中を見つめる。

そしてリーシャに言った。

「悪いがお前には死んでもらう。満月の夜に、闇の獣が蘇る為の生贄としてな」

リーシャは男を睨みつけた。

「闇の獣⁉　何を言っているの、放してよ！　放しなさいよ‼」

可憐な顔が怒りに歪む。

しかし——

誰かの足音がこちらに向かってくるのを感じた。

騎士のような統率《とうそつ》された者たちの足音、それも二人や三人ではない。

十人ほどだろうか。

リーシャは意識を集中した。

獣気を高めても首輪に吸われてしまうようだが、獣人族特有の五感の鋭さは失われてはいない。

自分が閉じ込められている部屋の入口の扉が開く。

部屋の向こうの通路は地上からの吹き抜けなのか、明るい光が部屋に差し込んでくる。

(誰なの?)

突然の明るい光にリーシャは目を細めた。

大きな人影がこちらを見て笑っている。

「ほう、中々美しい。白の姫騎士と呼ばれるだけはある。この娘ならば、我の中の獣も満足するだろう」

リーシャは男の声にゾッとした。

低く恐ろしい何かを感じさせるその声に、思わず身構える。

男はリーシャの傍に立つ仮面の男に言う。

「シオン、よくやったな。儀式が終わればお前との約束は守ってやろう」

シオンは静かに立っている。

そして一言だけ答えた。

「約束を違《たが》えたら、ジャミル、お前を殺すだけだ」

「くく、お前らしい答えだなシオン」

二人の会話を聞いた途端、リーシャは自分の血が沸騰《ふっとう》するかと思った。

怒りで体が燃えるように熱くなる。

「ジャミル！　お前が!!」

先程痛い目に遭ったにもかかわらず、リーシャは一直線にジャミルに向かって走り出す。

そして、鎖が限界のところに来ても必死で両手を伸ばした。

「お前が！　お前が、ルディーリアを、お父様を！　許さない、絶対に!!」

外からの光にも目が慣れ、リーシャの瞳には黒い衣装を身に纏った背の高い男が映っている。

仲間たちから聞いた悪魔の姿と同じ。

黒騎士王に間違いないと、リーシャにははっきりと分かった。

まるで獣のように咆哮するリーシャを見て、ジャミルは邪悪な笑みを浮かべる。

「元気のいい小娘だ。いいだろう、復讐する機会を与えてやろう」

そう言うと、傍にいる騎士の一人に命じる。

「その小娘の鎖をほどいてやるがいい。それから剣を渡してやれ」

「は？　し、しかし、ジャミル様、そのようなことをすれば……」

国を滅ぼし、父親を殺した男の前で、鎖をほどいて武器まで与えればどうなるか。

そんなことは考えるまでもないだろう。

だがジャミルは気にした風もなく再び命じた。

「構わん。白の姫騎士とやらの腕を見てやろう。それとも俺の命令が聞けぬのか？」

ジャミルの言葉に騎士たちは怯えたように首を横に振ると、一人がリーシャの首輪と鎖をほどいて自分の剣を渡す。

その瞬間——

リーシャの全身に凄まじいほどの獣気が満ちていく。

額のエメラルドグリーンの魔聖眼が今までになく強く輝くと、周囲に風が巻き起こる。

その獣気に反応して、黄金のガントレットに嵌め込まれた獣玉石が光り輝いた。

「ジャミルぅううう!!」

リーシャは狼らしく低い姿勢で地面を蹴ると、一気に敵の懐《ふところ》に飛び込んだ。

恐るべきスピードに周囲の騎士たちは身動きすら取れない。

いや、ジャミルさえも、手にした斧を振るうことも出来ないのか身じろぎもしない。

リーシャの剣はジャミルの左胸を貫いていた。

握った剣の柄に仇の心臓の鼓動が伝わってくる。

リーシャの剣はジャミルの心臓を貫いたのだ。

（やったわ！　お父様、私、お父様の仇を……）

リーシャが勝利を確信したその時、男の笑い声が聞こえた。

「どうした？　それでは俺は死なんぞ」

その声の主は、リーシャが心臓を貫いたはずの男だ。

呆然として彼女はジャミルの顔を見上げた。

「そ、そんな！　どうして!!」

リーシャは同時に不気味な鼓動を感じた。

確かに貫いたはずのジャミルの心臓とは別の鼓動を、右胸から感じる。

そして、その鼓動が力を与えているかのように、貫いたはずの心臓から剣が押し出され、地面を転がった。

「嘘よ……そんな、嘘よ!!」

信じられない出来事に、リーシャは後ずさった。

ジャミルはそんなリーシャの体を片手で抱き寄せると、怯えた目をする獣人の王女に言った。

「いい腕だが残念だったな。俺の中の獣はこの程度では死ぬことはない。だが、少しお前の血が欲しくなったようだ」

ジャミルが手にする漆黒の斧から異様な気配を感じる。そしてリーシャの鋭敏な嗅覚はそれと同じ匂いをジャミルからも感じた。

血塗られたような怪しい赤い瞳に、リーシャは危機を覚え体をそらす。

恐ろしい獣にも似た気配を目の前の男に感じたのだ。

「やめて！　いや!!」

そんなリーシャの細く白いうなじに、ジャミルの牙が容赦なく突き立てられる。

「うあぁ!!」

リーシャの体が激しく反《そ》り返った。

そして、暫くすると、獣気を失ったように魔聖眼が光を失っていく。

血を吸われ力を失っていく中で、リーシャはぼんやりと思いを寄せる人の顔を思い浮かべた。

「ルオ……助けてルオ」

そしてうわごとのようにその名を呼んだ。

リーシャの体がガクンと震えて、意識が遠くなっていく。

気を失ったリーシャの体を、ジャミルは笑いながら床に転がした。

そして愉快そうに言う。

「俺の中の獣はもっとお前の血を欲しているが、今殺すわけにはいかん。時が満ち、儀式がつつがなく終わったら父親のもとに送ってやろう。お前が頼るルオ・ファルーディアと共にな」

## 9、刻まれた印

その頃、アルディエントから山脈を越えた大地では、歴史が大きく動いていた。

西方遠征にて反逆者ヴァルフェント公爵の領土を平定したアルディエント軍が、シュトハイド領に侵攻を始めたのだ。

山脈を越えてすぐの、かつてはミファロトと呼ばれていたこの地は、一年前にシュトハイドに滅ぼされた国である。

その先には緑豊かなルディーリアがあり交易で栄えていたが、シュトハイドの突然の侵略で滅亡した幾つかの国の一つである。

傲慢で残忍な侵略者の軍勢は圧政を敷《し》き、人々は労役《ろうえき》や重税などに苦しみながら日々を過ごしている。

そんな中に舞い込んだのが、アルディエント軍の侵攻の噂である。

人々は口々に言う。

「聞いたか、アルディエント軍が山脈を抜けてミファロトに迫っているっていう話を」

「何言ってやがる。もうミファロトなんてねえんだ。ここはシュトハイドの占領地さ」

「ああ、そうだ。アルディエントが占領すりゃあ、今度はアルディエントになるだけさ。圧政者がすげ替わるだけだ」

街中では、荷物をまとめて逃げ出す準備を始めた者たちも多い。

「この町も戦場になるかもしれねえからな」

そんな中、一人の男が言った。

「だけどよ。アルディエントの新しい王は、英雄帝レヴィンの再来なんて言われてるらしいぞ。もしかしたら、今までの連中とは違うかもしれねえ」

家族を連れて荷物を荷車に乗せて逃げ出そうとしている男が、疲れ果てた顔でそれを笑い飛ばす。

笑いながら、次第に怒りに声を荒らげる。

「馬鹿言うな！　侵略者どもは皆同じだ。ジャミルが俺たちに何をした？　部下どもに命じて俺たちを家畜のようにこき使っただけじゃねえか！」

そして拳を握り締めた。

「俺の息子は奴らの馬の前を歩いていただけで斬り殺された。黒騎士王親衛隊の連中にな！　残った娘だけはそんな目には遭わせねえ!!」

男がそう叫んだ時、周りにいる人々の顔が凍り付いた。彼の後ろから、黒い鎧を着た騎馬隊がやってくるのが見えたからだ。

その騎馬隊の先頭にいる騎士が、男とその家族を眺めていた。

「ほう、何の力もなく惨《みじ》めに国を滅ぼされたゴミが、栄光あるジャミル様の親衛隊であるこの我らを悪《あ》しざまに罵るとはな」

騎馬隊はすぐに男の傍までやってくると、彼らを見下ろした。

「それに、何処へ行くつもりだ？　勝手に逃げ出すことなど許しはせんぞ」

指揮官らしきその男は残忍な笑みを浮かべる。

「愚か者めが。我らは皆、第一等魔法格を持つエリート部隊だ。ルオ・ファルーディアなど第五等魔法格のクズだというではないか。そんな男が率いるアルディエント軍など、尊いジャミル様にお仕えするこの黒騎士王親衛隊の敵ではないわ。だが、連中を返り討ちにする前に、まず貴様のようなゴミを始末しておくか」

そう言うと、部下の騎士に何事かを命じる。

「畏《かしこ》まりました、ガルフレド様」

数名の騎士が邪悪な笑みを浮かべると馬を降りた。

そして、荷車の傍にいる、男の妻と娘を捕らえる。

二人は怯えた顔で救いを求めた。

「いや！　貴方！　助けて!!」

「パパぁ!!」

男は自分の家族の叫びに、悲痛な声を上げる。

「や、やめろ！　やめてくれ!!」

ガルフレドと呼ばれた指揮官は、その姿を見て愉快そうに笑う。

「馬鹿めが。己の国も守れなかった虫けら以下の貴様らが、我らに逆らうなど、それ自体が死に値《あたい》するということを教えてやろう」

男の妻と娘は、騎士たちに抱きすくめられ、その喉元には剣が突き付けられている。

それが次第に肉に食い込んで、僅かに血が流れた。

「ああ、神様！　せめて娘だけは!!」

「ママぁ!!」

妻と娘の姿を見て男は叫ぶ。

「や、やめてくれ！　やめてください！　何でもする、何でもしますから!!」

「ふふ、ようやく自分の立場が分かったか？」

「分かりました……分かりましたからどうかお許しを」

惨めに頭を地面に擦り付けて許しを請《こ》う男を、ガルフレドは嘲笑った。

「ふは！　ふはは！　許せんなぁ、女と娘をお前の前で始末してやろう。貴様のようなクズは何をされても文句など言えんのだ、やれ！」

「やめてくれぇえええ!!」

ガルフレドの言葉に騎士たちは残忍に笑うと、剣を男の妻と娘に突き立てんとする。

妻と娘は泣き叫んだ。

男は絶望に声すら出ない。

その時――

剣を持つ騎士たちの腕がゴトリと落ちる。

それは、何者かに切り落とされ、凍り付いている。

「うぐ!!」

「うぉおおお!!」

腕を切り落とされて凍り付いていく二人の騎士と、彼らから解放されてその場に立ち尽くす妻と娘。

その傍には一人の少年が立っていた。

「クズは貴様らだ」

ブロンドの髪を靡かせた少年は静かにそう言った。

突然の出来事にガルフレドは一瞬、呆然としたが、すぐに怒りの声を上げた。

「き、貴様！　何者だ⁉　く、クズだと！　選ばれたエリートたる俺たちを‼」

そして、配下の騎士たちに命じる。

「殺せ！　このガキを殺せぇえええいいい‼」

だが、ガルフレドの命令に従う者は誰もいない。

彼は怒りに我を忘れて叫ぶ。

「何をしておる！　この小僧に、黒騎士王親衛隊の力を見せてやるのだ‼」

「無駄だ。死んでいる者にはもう聞こえまい」

「な、なんだと⁉」

少年の言う通り、何者かに切り倒されたように、騎馬隊の騎士たちは皆、馬から落ちて絶命した。

幾多の人々の血を吸ってきたであろう黒い鎧が地面を転がっていく。

ガルフレドはあまりのことにうろたえる。

「馬鹿な！　こんな馬鹿な⁉　おのれぇえええい‼」

そう言うと剣を抜いて少年に切りかかる。

いや、抜く前にその首は刎ねられていた。

そして体が凍り付いていくと、砕け散る。

残忍な黒騎士王親衛隊は全滅し、後に残っているのは彼らに付き従うシュトハイドの一般兵だけだ。

「どうする？　お前たちも死にたいか？」

少年の言葉に、彼らは怯えて武器を捨てた。

「ひっ！」

「ひいい!!」

少年は彼らの前に歩み寄ると静かに言った。

「仲間たちに伝えろ。俺の名はルオ・ファルーディア。この地は俺が統治する。これから先、俺の民に手をかけた者は、必ず死ぬことになると。たとえどこに逃げようと俺は必ず追い詰める。それが地獄の果てだとしてもな」

兵士たちは少年を見つめて、呟いた。

「この男が、ルオ・ファルーディア……アルディエントの新しき王」

「な、なんという強さだ！」

そして次々と逃げ去っていく。

その時、アルディエントの軍勢がディアナとフレアに率いられてやってきた。

「ルオ！　こっちは方《かた》がついたわ」

「ああ、こっちもさ。黒騎士王親衛隊の連中は始末したよ。中には町に火をつけようとしてる連中までいた。残忍な奴らさ」

娘を抱きしめた夫婦は、ルオの前に膝をつくと深々と頭を下げた。

「ああ……ありがとうございます！」

「本当にありがとうございます！」

ルオは静かに彼らを見つめる。

「俺はジャミルのようにお前たちを恐怖で支配するつもりはない。それは約束しよう」

短いが、その言葉に偽りがないことを彼らは感じた。

(このお方がルオ・ファルーディア陛下。英雄帝レヴィンの再来と呼ばれるお方か)

男は娘を抱いて深々と頭を下げると、言った。

「貴方の言葉を信じます。貴方がたは支配者ではない、解放者だと皆に伝えましょう！」

「ええ、貴方」

夫婦は何度も頭を下げる。

そして、その噂はすぐに広まっていった。

シュトハイドの兵にとっては死神として、そして彼らに虐《しいた》げられていた者たちにとっては解放者として。

フレアやディアナ、そして病人や怪我人の治療にあたるエミリアの存在も、その噂に拍車をかけていく。

半日もしないうちに、旧ミファロト領は完全にアルディエント軍の勢力範囲になっていた。

ジークは進軍するルオの馬の隣に、自分の馬を並走させながら言う。

「各都市の支配層である黒騎士王親衛隊を殲滅《せんめつ》し、その光景を一般兵に噂として流布《るふ》させる。賢いやり方ですねルオ様。お蔭で旧ミファロト領の周辺でも、恐れをなした敵が撤退を始めている」

フレアも頷いた。

「それに、旧ミファロト領の人たちは私たちに協力的だわ。物資を融通してくれたり、軍隊経験のある民は自警団も組織し始めたりしているし」

「ああ、騎士団とも協力出来そうだ。今思えばヴァルフェント公爵の軍勢を投降させたのも大きいね。西方遠征軍が思わぬ仕事をすることになったものだ」

ルオは静かに頷くと皆に言う。

「俺たちがこうして進軍すれば、ジャミルも目的の場所に行くしかない。今回を逃せば、その次の満月の日までに俺たちが先に『約束の地』を制圧し、儀式の機会を失うからな」

「ああ、そうだね。今頃どこに潜んでいるのかは知らないが、二日後には必ずリーシャを連れて現れることになるさ」

そう語るディアナに同意しながら、ジークは言う。

「ですが、そうなるとあまり急ぎすぎてはいけませんね。奴らに、自分たちが先んじることが出来ると信じさせることが大事ですから」

「分かっている。各拠点の安定を考えると、その方がこちらも都合がいい」

「そうですね、ルオ様」

ジークの言葉にルオは頷く。

「チャンスは一度きりだ。失敗すれば、リーシャも俺たちも命の保証はない」

ディアナは肩をすくめた。

「坊やにしては弱気だね」

そう軽口を叩きながらもディアナは思った。

（坊やの言う通りだ。ジャミル自身の抵抗がないのも、この進軍になど興味がないからさ。儀式さえ済ませてしまえば、全てが手に入るんだからね。あの白い仮面の男も含めて、本当の戦力は儀式をする場に集めているはずだ。あの魔神さえ遥かに凌ぐ力か……今回ばかりは生きて帰れるかどうか）

気が付くと、フレアも思いつめたような顔をしている。

エミリアもだ。

少し重苦しい雰囲気が漂う中、民の解放と進軍は続き、翌日には旧バディトルア領に入った。

この地も一年前、ジャミルの手によって滅ぼされた小国の一つだ。

ルオたちはバディトルアも解放して勢力下に加えた。

ディアナが言う。

「やはりね。ジャミル自身が出てこないところを見ると、奴は先に目的地に着いたのか、それとも……」

フレアが肩をすくめる。

「さあ、行ってみないと分からないわね。明日の夜には全て分かるわ！」

あえて明るく笑うフレアに、ディアナも笑みを浮かべた。

「そうだね。どうせ失敗したら世界は終わりさ、やるしかないんだ」

「そういうことよ」

こんな時にもいつも通りの二人にエミリアも思わず笑った。

「女は度胸《どきょう》ですわ！」

エミリアの言葉にディアナもフレアも吹き出した。

「まさか、エミリア様からそんな言葉を聞くなんてね」

「ふふ、でもほんとにそれね！」

噂が噂を呼び、闇の獣の存在など知らない人々は、突然現れた解放者たちに歓喜して盛大なもてなしをした。

人々は口々に言う。

「英雄帝の再来だ！」

「ルオ・ファルーディア陛下！　万歳《ばんざい》!!」

「どうか大陸の統一をなさってください！」

夕暮れになり、そして日が沈む。

ルオたちの周りには人々が集い、歌い、そして町娘は踊りを披露した。

夜が更け宴も終わりに近づくと、ルオがそっと席を外した。

町の外にある小高い丘の上で、空の月を見上げる。

その手には一冊の本があった。

「バーレン。悪いな、あんたには俺と一緒に最後まで付き合ってもらう」

そう言うとルオは歩き始めた。

その時——

「どこ行くんだい？　坊や」

振り返るとそこにはディアナが立っている。

そして横にはフレアとエミリアも。

「そうよ、これからでしょう？　本当の戦いは」

「ええ、フレアの言う通りです」

ルオは静かに三人を見つめた。

「ジークに伝えたはずだ。ここから先は俺一人で行く」

フレアは首を横に振った。

「聞いたわ。でも、敵兵もこちらに恐れをなして近づきはしない。解放した場所に危険はないわ。危険なのはここから先。分かっているでしょう？　ジャミルの本隊がいるのは、これから行く儀式の場所よ」

エミリアはルオを静かに見つめた。

「軍を動かせば、ジャミルは儀式の機会を逃さない為に必ず約束の地に現れる。最初から、そこから先はルオ様がお一人でなさるつもりだったんですね」

ディアナは肩をすくめて言った。

「無愛想なだけじゃなくて、ほんとに水臭い男だね」

ルオは静かに三人を見つめた。

「ここから先は命の保証がない戦いだ」

三人はルオを見て微笑む。

「知ってるわよ、そんなこと」

「ええ」

「だからどうしたっていうんだい？」

月光が三人を照らし出す。

彼女たちは迷いのない眼差しでルオを見つめている。

ルオは大きく息を吐くと言った。

「まったく馬鹿ばかりだ」

フレアはそれを聞いて笑った。

「あんたに似たのよ」

エミリアは微笑む。

「ルオ様、月が綺麗です。最後に私たちと踊ってくださいませんか？　神の眼を開いたルオ様と額を合わせた時、私の力は今までになく強くなった。もう一度あれを試してください。そうすれば、今よりもルオ様のお力になれることでしょう」

ディアナはそれを聞いて頷いた。

「それはいい考えだね、エミリア。私を蘇生させた時に感じたエミリアの力は凄かった。まるで伝説に出てくる聖女のようにね。死んだ人間の魂を繋ぎとめることなど、普通なら出来はしない話さ」

フレアもそれに同意した。

「確かにね。今は少しでも力が欲しいわ。ねえルオ、他にもっといい方法はないの？」

真剣な眼差しで見つめる彼女たちの方を見ながら、ルオは口を開いた。

「一つだけまだ試していない方法がある。だが、上手くいくかは分からない。ただでさえ、神の眼で無理やり魔力を押し上げられるのは苦痛を伴《ともな》うからな」

エミリアは自分の額がルオの神の眼に触れたあの時、体が、魂が燃え尽きそうになったのを思い出す。

彼女は、それでも真っすぐにルオを見つめた。

「構いません！　教えてくださいルオ様。その方法のことを」

エミリアの言葉にフレアとディアナも頷いた。

「ルオ、私にも教えて！」

「ああ、知りたいね。どうせここまで来たら引き返せはしないんだ！」

ルオは暫く黙り込むと、静かに答えを伝える。

「神の眼を開き、お前たちの魂に俺の魔法紋を深く刻み付ける。強く魂が結びつき、決して離れないように。そうなれば、俺の魔力が高まるにつれ、お前たちも限界以上の力が引き出せるはずだ」

ディアナが驚いて目を見開く。

「坊やと私たちの魔力を、いや魂そのものをリンクさせるってのかい？　まさかそんなことが……」

そう言いながらディアナは思った。

（いや、坊やなら出来るかもしれない。私があの深い海の底に沈んでいく時、私の魂と坊やの魂は一つになったような気がした。相手の魔力を正確に把握し、一つに混じり合うことが出来る坊やなら）

もちろんあの時成功したのは、ディアナの心がそれを求めたからだろう。

相手の魂の全てを受け入れるほどの気持ちがなければ、そうはいかない。

ルオは静かに続けた。

「それほどまでに深く魂に刻んだ印は、俺にも二度と消すことは出来ない。一生離れることが許されない魂の絆、まるでお前たちの人生を俺が奪うようなものだ」

その時——

「はぁああ!?　あんた馬鹿じゃないの？　どうせ私はあんたと離れるつもりはないわ、今更何言ってるのよ」

ルオは心外といった顔をする。

「お、おい。馬鹿とはなんだ」

するとエミリアがくすくすと笑う。

「フレアの言う通りですわ。私の心は、いいえ全てはルオ様のものです」

ディアナはそんな二人を眺めながら笑みを浮かべた。

「だ、そうだよ。坊やも年貢《ねんぐ》の納め時だね。いいかい、ここにいる三人は、そんなこととっくに覚悟の上なんだ。これから死んじまうかもしれないんだよ。最後に男なら男らしく、責任をとってもらおうか！」

そう言って、腰に手を当てて笑い飛ばす。

フレアはルオに歩み寄ると右手を差し出す。

「やって頂戴、ルオ。私はどんな苦痛にだって耐えてみせる。大体あんたみたいな馬鹿な男に出会ったら、もう他の男では退屈過ぎて満足出来ないわ。ディアナが言うように、責任をとって頂戴」

軽くウインクまでするフレアに、ルオは呆れた。

「まったく、馬鹿な奴だ。フレア、お前といると俺も退屈をしない」

フレアがその答えを聞いて笑うと、二人は月光の下で踊り始める。

ぴったりと息が合ったそのダンスはとても見事なものだ。

呼吸が合い、そして魔力がしっかりと絡み合っていく。

いつもよりもさらに深く。

まるで魂の根幹《こんかん》に触れられるような感覚に、フレアの美しい鼻梁《びりょう》が震えた。

ルオの周りで、宙に浮いた本のページが舞う。そしてそこに記された術式と数式が目まぐるしく書き換わり、ルオの額に神の眼が開いていった。

(ルオ……)

フレアも、自らの魔力を高め、紅の魔聖眼を開く。

そして二人は額を重ねた。

「あああああ!!」

フレアは思わず声を上げる。

今までのように優しく魔力が絡み合い、押し上げられるのとは全く違う。

強引にフレアの魔力を押し上げていくような感覚に体が焼けつくほどの衝撃を感じた。

「フレア」

「か、構わないわ! 続けて!」

フレアは唇を噛みしめて踊りながら、意識を集中していく。

そのしっかりとした足取りはフレアの誇り高さを証明している。

(体が熱い、燃えてしまいそう)

フレアは自分の魔聖眼が今までにない輝きを放っていくのを感じる。

そしてルオの額の印が強烈に輝くのを。

体が燃え尽きそうな感覚の中で、フレアは真っすぐに彼を見つめる。

「ルオ、貴方を愛してる。私の魂に貴方の印を刻み付けて」

フレアはそう言うとルオに口づけをした。

まるで永遠の愛を誓うかのように。

その瞬間、フレアは自分の魂に何かが刻まれていくのを感じた。

(ああ！　燃える！　燃え尽きてしまう!!)

気が付くと、もう踊ることも出来ずに、ルオの体をしっかりと抱きしめている。

同時に、今までになく強烈に、ルオの魔力と自分の魔力が結びついていくのが分かり、フレアは吐息を漏らした。

そして、フレアの額の魔聖眼はゆっくりと形を変えていった。

ルオの神の眼には及ばないものの、そこからは今までにないほどの力を感じられる。

深い疲労感に膝がガクガク震えるが、苦痛は収まり、言いようのない幸せを感じてルオに身を預ける。

エミリアとディアナはそれを見つめて頬を染めていた。

「あ、愛してるって……それに口づけまで」

「ちょ！　フレア、あんたどさくさに紛《まぎ》れてやりすぎじゃないのかい？」

フレアは真っ赤な顔になって答える。

「い、言ってないわよそんなこと……」

ジト目でフレアを見るエミリアとディアナ。

「言いました」

「言ったね」

二人に問い詰められて、フレアは渋々認める。

「し、仕方ないでしょ。自然にそんな気持ちになったのよ。やってみなさいよ分かるから」

「え？」

エミリアが頬を染める。

ルオが少しバツが悪そうに咳払いをする中、フレアがルオから離れるとエミリアの背中を押す。

「さあ、エミリア様も。最後に思い残すことがあるなんて馬鹿馬鹿しいでしょ」

そう言われて、エミリアはフレアを見つめる。

そして楽し気に微笑むと答えた。

「ええ、そうねフレア。貴方となら上手くやれそうだもの。これからはもう『様』はいらないわ、エミリアって呼んで」

そんなエミリアにフレアも頷く。

「分かったわ、エミリア」

フレアの言葉を背中に受けながら、エミリアはルオにそっと手を差し出す。

そして申し出た。

「ルオ様、エミリアと踊ってくださいませ」

その顔に固い決意を浮かべてエミリアは微笑んだ。

そしてルオと踊り始める。

聖なる魔聖眼が開いて、ルオの神の眼と触れ合った。

(あああ！　ルオ様!!)

ディアナを救った時よりもさらに激しい魔力の奔流《ほんりゅう》に、エミリアは体を震わす。

燃え尽きるような感覚の中で、エミリアはルオと出会った時のことを思い出した。

そして十年間、再び彼と会えることを願い続けていたことを。

いつも胸につけている、ルオから贈られた蝶のブローチを見つめ、それから彼の瞳を見た。

「ルオ様、エミリアは貴方を愛しています。これから何があっても、貴方以外の方と添い遂げることは絶対にありません。私を貴方のものにしてくださいませ」

清楚な頬が赤く染まると、白薔薇のような唇がルオのそれにそっと触れた。

(あああああ!!)

その瞬間、エミリアは自分の魂にルオの印が刻まれていくのを感じた。

強烈な衝撃と同時に、幸せを感じて身を震わせる。

フレアの時と同じように、エミリアの魔聖眼も強烈な輝きを放ち、その形を変えていく。

彼女は瞼を閉じると、ルオの体にしっかりと身を預けて体を震わせた。

そして、暫くすると静かに目を開ける。

「とても強い力を感じます。ルオ様やフレアの魂としっかり結びついたことも」

フレアの魂との絆も感じる。

まるでルオを通してリンクしたかのように。

そしてディアナの方を振り返ると言った。

「ディアナ、次は貴方の番よ。これからは貴方もエミリアと呼んで。この先は命を預け合うことになるんだから」

エミリアの言葉に、ディアナは戸惑ったような顔で呟く。

「え? ちょっと待っておくれよ。わ、私は……」

エルフの女騎士は、躊躇した様子でルオを見つめる。

(エミリアとフレア、この二人は特別だ。坊やの魂と元からとても強く結びついていたからね。でも、私は違う。いつものダンスの時だって、二人のようには魔力が強く結びついていなかったじゃないか)

いつもとは違い、たじろいだ様子のディアナの背中を、フレアとエミリアが押した。

「いつも私たちをからかっている割には、いざという時に度胸がないわね、ディアナは」

「ほんとねフレア」

二人の言葉に、ディアナはむっとしてルオの方へと歩を進める。

「言うじゃないか。べ、別にへっちゃらだよこんなこと。私を誰だと思ってるんだい」

ディアナはそう強がると、ルオの前に進み出て手を差し出す。

そして踊り始めた。

エルフ特有の美貌《びぼう》が月光に照らし出される。

ダンスは華麗に続いたが、ディアナは自分の魔力がやはり、フレアやエミリアのようにはルオとは深く結びついていかないことを悟った。

(原因は分かっているんだ)

ディアナは思う。

自分が今まで本当に心を開いた相手はいない。

純粋なエルフが人前に現れることなどごく稀《まれ》だ。

彼らは争いを好まず、深い森の中で結界を張って暮らしている。

時折戦闘に適した魔力を持つ子が生まれると、争いを呼ぶ異端《いたん》として、彼らの集落からは追い出された。

ディアナはそんなエルフの一人だ。

まだ幼い頃、親が結界の外まで自分の手を引いて出た後、その手を放し、再び結界の中に帰っていったのを思い出す。

(捨てられたのさ、親にまで。だから、一人で生きていくと誓ったんだ)

その為に腕を磨いた。

一人で生きていくには強くなる必要があったからだ。

孤高《ここう》のエルフの女騎士、まさにディアナを表すにはぴったりの言葉だろう。

ルオたちと関係を築いたのは、彼らに今までにない何かを感じたからだ。

それでも、まだ親に捨てられた傷が癒えることはない。

ルオが静かにディアナに言う。

「恐れるなディアナ。俺はお前を裏切ったりはしない」

その言葉に、ディアナはハッとしてルオを見つめる。

まるで自分の恐れの本質を、見極められた気がしたからだ。

彼らなら信じられるように思えるが、信じてしまってまた裏切られたら。

そう考えると恐ろしくなる。

（あの時……）

ディアナは鮮明に思い出す。まるで深い海に魂が沈んでいくかと思った時、その海に飛び込んできた男の顔を。

彼は、自分の魂さえも危険にさらしてディアナに『帰って来い！』と、そう叫んだ。

だから信じたのだ。

あの時、とても強く魔力が結びついた気がする。

そうでなければ助からなかっただろう。

ディアナはそれを思い出して微笑んだ。

「そうだね。あんたは決して私を裏切らない。あの時、それが分かったんだ」

ディアナは、ルオとしっかりと魔力が結びついた瞬間を思い出す。

その時に感じた幸福も。

同時に自分の魔力が、とても強くルオの魔力と結びついていくのが分かった。

白い魔聖眼が開くと、ルオの神の眼に触れる。

その瞬間、凄まじい魔力に自分が焼き尽くされていく気がして怯えた。

「ああ！　坊や！　しっかり手を握っていて！　私の手を離さないで!!」

震える手でしっかりとルオの手を握り締める。

あの時、自分を救いに来てくれた男に対して抱いた気持ちが、ディアナははっきりと分かった。

(私は坊やのことが……)

ディアナはそっとルオに唇を寄せた。

「ルオ、あんたを愛してる！　これからも永遠に！」

美しいエルフの唇がルオのそれに触れると、ディアナの額から強烈な光が放たれて、次第に彼女の魔聖眼の形を変えていく。

ディアナは疲れ切った様子でルオに体を預けた。

そして長く息を吐く。

そのまま暫く目を閉じて、その後、ルオの耳元で囁いた。

「本当に坊やは悪い男だ。こんなにいい女を三人も夢中にさせて」

ディアナはそう言いながら微笑む。

エミリアがそうだったように、ディアナもまたルオを通じて、エミリアやフレアとの強い魔力のつながりを感じた。

フレアはジト目でディアナを睨んだ。

「何よ、あんなこと言っておいて、自分が一番激しいじゃない」

それを聞いてディアナは真っ赤になる。

「ば！　は、激しいって何だい！　大体、わ、私は初めてだったんだ。男の唇にキスをするなんて」

すっかり動揺したディアナをフレアはからかう。

「へえ、大人ぶってたくせにキスも初めてだったんだ」

「う、うるさいね。あんただって初めてだったんだろう？　殺すよフレア」

エミリアはそれを見て呆れたように笑った。

「まったく、明日は決戦だっていうのに。二人ともしっかりしてください」

そんな中、気が付くとルオは目的地の方角に歩き始めている。

それが彼流の照れ隠しなのかどうかは分からない。

エミリアは慌ててその背中を追いかける。

「もう！　ルオ様、待ってください」

残された二人は顔を見合わせると、肩をすくめた。

「ちょっと、ルオの奴。余韻《よいん》っていうものがないの？」

「まったくだね。どうしてあんな男に惚れちまったんだろう」

フレアとディアナは笑いながら、ルオたちの後を追って歩き始める。

命を懸けた戦いをする決意はもう出来ている。

新たな力を手にした決戦前夜は、こうして更けていった。

## 10、呪われた大地

それから一日がたち、夕暮れになり、そして日が沈む。

ここは緑豊かな大地ルディーリアだ。

かつて獣人の王国と言われたこの国は、一年前、西の大国シュトハイドの黒騎士王によって侵略を受けて滅んだ。

だがそんな中でも、自然は様々な生命を育《はぐく》み、神秘的な美しさを湛《たた》えている。

ある場所を除いては。

そこは、エメラルドグリーンの美しい葉が茂るルディーリアの他の森とは全く違う。

不気味な黒い葉を垂らした木々が生え、空気は淀《よど》んでいる。

そこはルディーリアの中でも、獣人たちが決して足を踏み入れることはなかった場所だ。

呪われた大地。その中央には黒い塔がそびえ立つ。

崩れかけた塔からは、禍々しい何かが感じられた。

高さ数十メートルほどある外壁には、奇妙な彫刻《ちょうこく》が幾つも施されている。

「薄気味悪い彫刻だな。まるで生きているようだぜ」

黒い鎧に身を包んだ男が、思わずそう口にする。

ここにいるのはその男だけではない。

同じく漆黒の鎧に身を包んだ大軍勢がこの地にやってきていた。

その数は約五万。

黒騎士王ジャミルの主力部隊で、黒騎士王親衛隊の中でも特に選ばれた者たちが率いている。

彼らはジャミルの軍勢の中でも、特に残忍で邪悪だと恐れられていた。

塔の周りは植物も生えることが出来ないのか、大きく開けている。

そこに、この大軍は列をなして控えていた。

先程の男の言葉に、別の男が頷く。

「ああ、まったくだ。不気味な場所だぜここは」

塔の壁には、顔を歪ませ外に這い出そうと腕を伸ばす、地獄の鬼のごとき生き物を象《かたど》った彫刻が、幾つも見える。

数々の罪もない人々を容赦なく手にかけてきた彼らでさえ、その塔から感じる異様な気配に背筋を凍らせる。

塔の近くでは、黒い衣装に身を包んだ魔導士たちが、何やら静かに詠唱を続けていた。

それを見て男は肩をすくめる。

「一体何が始まるのかは知らねえが、こんなことよりも泣き叫ぶ獣人どもを始末する方がよっぽど楽しいってもんだぜ」

「ああ、同感だ。国を滅ぼす時の快感は堪《たま》らねえ。助けを請う連中を踏みにじるのがな」

一年前、ルディーリアを滅ぼした時も本隊に従軍していた二人は、その時のことを思い出したのか邪悪な笑みを浮かべた。

そして塔を囲む黒ずくめの魔導士たちを眺める。

「それにしても、一体何なんだあいつら？　見たことがない連中だな」

「噂ではこの塔を守る異教徒《いきょうと》だとか。連中の間じゃ、この呪われた大地は、『約束の地』だとか言われているらしいぜ。なんでも大昔、ここで何かの儀式が行われたそうだ。この塔の周囲に草も生えねえのはそれが理由らしい」

「こんなところが約束の地だと？　気味の悪い連中だ」

男たちは周囲を見渡すと言う。

「それにしても、ジャミル様はどこにいらっしゃるのだ？　王都にはおられぬと聞いたが」

「分からん。数日前、数名の側近を連れてどこかに行かれたとのことだ」

「妙な話だな。我らはジャミル様の本隊だ、それを置いてどこかに行かれるなど」

その言葉に頷いて、もう一人の男が塔を見上げる。

「妙なことばかりだな。どうして五万もの兵がこんな場所に必要なのだ？　敵の姿など見えんぞ」

「確かにな。ジャミル様は一体何をお考えなのだ」

男たちはもう一度黒い塔を振り返る。

その塔の上空には、いつになく不気味に輝く満月が見えた。


その頃、ルオは塔を望み見ることが出来る丘の上にいた。

黒く不気味な木々が辺りに生《お》い茂《しげ》っている。

ルオの傍にはエミリアがいる。

彼女は黒い塔を眺めながらルオに言った。

「ルオ様、何かとても嫌な気配を感じます。この大軍勢と塔を囲んでいる黒いローブの魔導士たち、やっぱりあの塔が……」

「間違いない。ここが約束の地と呼ばれる場所だ。ロランの情報に間違いはなかったな」

ルオの言葉にエミリアも頷く。

「はい、あの塔の屋上に作られた祭壇《さいだん》。あれはロランが持ってきた絵に描かれていたものとそっくりです」

「ああ」

魔力で活性化した二人の瞳が、しっかりと屋上の様子を捉えている。

その時、ルオとエミリアの頭の中に何者かの声がした。

「ルオ、東からは誰も来る様子はないわ」

「西からもね、坊や」

その声の主はフレアとディアナだ。

二人の魂に刻まれたルオの魔法紋、それによって生まれた魂の絆が、言葉に出さずとも互いの意思を伝えることを可能にしている。

ルオは頷くと、頭の中で仲間たちに念じる。

「分かった。二人ともこちらに来てくれ。合流するぞ」

「了解よ、ルオ」

「分かったよ坊や」

ルオの指示に二人は答える。

そして、暫くすると、ルオとエミリアのもとに二人がやってくる。

その身のこなしは、以前にもまして鮮やかで軽やかだ。

ディアナは二人を見つめると言う。

「こいつは便利だね。意識を集中して願えば、離れていても連絡が取れるなんてさ」

「ええ、本当ね。流石に遠すぎると難しいみたいだけど」

魂の絆を結んだ思わぬ効果に、ディアナもフレアも笑みを浮かべた。

そして少しルオを睨むと言った。

「でも、坊やには全ての心の中が筒抜けってことはないだろうね？」

「そうね。心の中まで好きに覗かれるのは御免《ごめん》だわ」

ルオは肩をすくめると答えた。

「俺にそんな趣味はない」

フレアは安心したように息を吐くとルオに言った。

「それよりも、もうすぐ満月が最も高い位置に来るわ。それにもかかわらず、どこからもジャミルが来る様子がないということは……」

彼女の問いにルオは塔を見つめる。

「ああ、そうだ。つまり奴はもうあの塔の中にいる。そう考えた方がいいだろう」

ディアナは大きく頷くと拳を握り締める。

「ならリーシャも、あの中にいるってことだね。坊や、どうする？　いっそ今、踏み込むかい？」

ルオは黙って塔の屋上に作られた巨大な祭壇を眺めた。

そして口を開く。

「駄目だ。リーシャの姿を見てからだ。塔の中のどこにいるのか分からない以上、踏み込むのは危険すぎる」

「そうね。リーシャを探している間に逃げられでもしたらことだわ。いいえ、それだけじゃない。追い詰められたジャミルがリーシャを殺すかもしれない」

フレアは塔を眺めながらそう言った。

ルオが皆に指示を伝える。

「屋上にリーシャの姿が見えた瞬間、俺は丘を駆け下り、あの塔の側壁を駆け上がる。そして、ジャミルの首を刎ねてけりをつけるつもりだ」

ディアナは頷いた。

「坊やが神の眼を開いた状態で突っ込めば、この距離だろうとあっという間だからね」

そして覚悟を決めた様子で、ルオに伝える。

「恐らく白い仮面の男も出てくるはずさ。坊や、あの男は私に任せてくれ」

「危険だぞ。分かっていると思うが、相手は神具の一つであるエクスデュレインを持っている」

ルオの忠告に、エミリアも不安げにディアナを見つめた。

その男相手に戦い、その結果、ディアナは一度死んでいる。

エミリアが不安に思うのも当然だろう。

「ディアナ……」

「そんな顔しないでおくれよ、エミリア。私はあの男に借りがある。目の前でリーシャを攫われて、このまま黙っているわけにはいかないんだ」

ディアナは固い決意を込めた表情でルオを見つめる。

「それに坊やが言うように、勝負は一瞬だ。そこにかけるには、坊やにはジャミルに集中してもらわないとね」

「分かった、ディアナ。仮面の男はお前に任せよう。その代わり、フレアとエミリアでディアナの支援を頼む」

ルオの申し出に二人は同意する。

「任せてルオ」

「もちろんです、ルオ様！」

ディアナは二人を見つめて微笑む。

「頼もしいね。頼んだよ二人とも」

「ええ、あんたが死んだら喧嘩相手がいなくなるもの」

「ふふ、フレアらしい」

意識を塔に集中しながらも笑顔でそう話す。

フレアは真顔に戻ると思った。

(相手には神具が二つある。それにもし儀式が終わったらどうなるか分からない。とにかく一瞬で勝負を決めないと)

リーシャの姿が見えた瞬間、一気に魔力を全開にして肉体を活性化させ、丘を駆け下りる。

そして、あの塔の側壁を駆け上がるのだ。

ルオはもちろんだが、今のフレアたちでも可能だろう。

それにしても……とフレアは思う。

「でも、どうしてジャミルは、この塔の周りにあんなに多くの軍勢を用意したのかしら？」

フレアの問いにディアナが首を傾げる。

「どういうことだい？　フレア」

「領土に侵攻して占領支配するのなら、兵士は少しでも多い方がいい。でも、今回の目的は、既に占領した地での儀式。ルオ以外の敵を警戒しているにしても変じゃない？」

それを聞いて、エミリアも首を縦に振る。

「確かに妙ですね。他の敵がいたところで、神具を持つジャミルにとって、ルオ様以外は脅威にはならないわけですから。これだけの数で守る必要がありません」

「そして、こんな軍勢では、神の眼を開いたルオは止められない。それはジャミルも分かっているはずなのに、どうして……」

ディアナは肩をすくめた。

「自分の力を誇示したいのさ。奴らがその為だけにどれだけの人々を殺してきたか。吐き気がするね、自己顕示欲《じこけんじよく》の強い男だ」

「そうかもしれないわね」

フレアはそう答えながら、塔の周りにいる大軍勢を眺めた。

(本当にそれだけかしら？)

そんな疑問を感じながら。

その時――

フレアの背筋に冷たい汗が流れた。

ぞわりとするような、異様な感覚がする。

それはエミリアやディアナも同様だった。

ルオの青い瞳が静かに塔の屋上を見つめている。

フレアは思わず呟いた。

「あれが、ジャミル……」

塔の屋上に現れたのは一人の男だ。

黒騎士王の名に恥じぬ、堂々たる体躯《たいく》である。

そして巨大な黒い戦斧を手にしていた。

フレアは魔力で活性化した瞳で、それを見つめる。

「あれが闇の獣とかいう化け物を封じた神具、ブルンスバルト！」

「ああ、間違いないね。この気配。それに隣に立つあの男」

ディアナは剣の柄に手を伸ばした。

彼女の視線の先には、ジャミルの隣に佇《たたず》む白い仮面を被った翼人がいる。その手にはもう一つの神具が握られていた。

すぐさま飛び出そうとするディアナを、ルオが右手で制した。

「まだだ、ディアナ。リーシャの姿を見てからだ」

「……坊や、分かっているさ」

一方で、塔の上ではジャミルが、天空に輝く月を見上げると笑みを浮かべた。

「くくく、ルオ・ファルーディアよ。どこに潜んでいるのかは知らんが、無駄なことだ」

そう言って、ジャミルはゆっくりと右手に持つ戦斧を天に掲げた。

その時、月は最も空高く上り、その銀色の輝きが次第に血塗られたような赤に変わっていく。

「ふふ、時が満ちる」

空に輝く不気味な赤い月を見て、エミリアは思わず声を上げた。

「ルオ様、月が赤く！」

「一体どうなってるんだい？」

ディアナも空を見上げた。

リーシャの姿はまだどこにも見えない。

フレアが目を見開いた。

「見て、あれを!!」

天空に輝く赤い月に反応したのか、塔の周りの地上には巨大な赤い魔法陣が描き出されていく。

それはまるで鼓動するかのように揺らめく。

ディアナの瞳が、屋上にいるジャミルの姿を射抜いた。

「ジャミルの斧が……あの赤い月と魔法陣に反応しているようだ」

彼女の言葉通り、ジャミルが持つ漆黒の斧は、いつの間にか血塗られた赤に染まっている。

その斧から放たれる強大な力が、地上の魔法陣を強烈に輝かせた。

塔の周囲に集まり、その魔法陣の上に立つ五万の軍勢は大混乱に陥《おちい》る。

「な、何だ！　この魔法陣は!?」

「お、おい！　見ろ!!」

次々と兵士たちの体が干からび、地面に転がっていく。

何者かに全ての血を吸いつくされたかのように。

「こ、これは、どうなってやがる！」

「ひっ！　助けてくれ!!」

魔法陣から逃れようとしても、足を何かにつかまれている。

それが、地面の中から伸びた何者かの手であることに、兵士たちはようやく気が付いた。

その何かが彼らの命を吸っているのだ。

阿鼻叫喚《あびきょうかん》の中、五万の大軍勢があっという間に死に絶えていく。

そして、あの黒衣の魔導士たちも彼らが崇める何かに身を捧げるがごとく、魔法陣に命を吸われていった。

背筋が凍るような光景に、エミリアは息をのんだ。

「一体これは……」

「ああ、どうなってるんだこれは！」

流石のディアナも平静を失っている。

予想だにしなかった事態に、ルオも拳を握り締める。

「……リーシャ」

その目はリーシャを探すが、やはりまだどこにも見つからない。

五万の軍勢の命が失われ、その血を吸いつくして赤黒く染まった大地は、ゆっくりと塔に向かって動いている。

まるでそれ自体が、一つの大きな生き物のように。

ドクン！

その赤い血だまりは、月に照らし出された黒い塔を根元から赤く染め上げていく。

塔が鼓動し、大気が振動する。

ジャミルは斧を月に向かってかざす。

「血塗られた塔が目覚める。時は完全に満ちた。塔よ、生贄を我に！」

ジャミルの声に応えて、無数の何かの声がした。

生贄を捧げよと。

フレアはあまりのことに呆然としながらつぶやく。

「一体何なのあれは……塔の壁が動いてる。ううん、何かの群れがいるみたい。あれは人なの？」

「いや違う、化け物だ」

ディアナはそう答えた。

塔はもう先程までの形をとどめていない。

その外壁は、渦を巻くかのごとくうごめいている。

それはよく見ると、人に似た何かが連《つら》なって作り上げたものだ。

エミリアが掠れた声で言う。

「あの塔自体が生きているようにも見えます……まるで地獄だわ」

壁に張り付いているのは五万の軍勢の命を吸って石から蘇った悪鬼の群れだ。

それが赤い月を目指すかのように連なり、幾本もらせん状に渦巻いている。

そして、群れの先端は塔の屋上の周囲を取り囲んでいた。

その時——

ルオたちは、悪鬼たちが一人の少女の体を掲げるように抱いて、屋上にいるジャミルのもとへと運んでいくのを見た。

「リーシャ!!」

思わずディアナが叫ぶ。

その瞬間ルオは走り出した。

「行くぞ!!」

ディアナも腰の剣を抜くと後を追う。

「ああ、分かってる!」

「ルオ!」

「ルオ様!!」

呆然と立ち尽くしていたフレアとエミリアも後に続いた。

ルオの額に神の眼が浮かび上がる。

同時に、フレアたちにも強烈な力を放つ印が描かれた。

地獄絵図の中、凄まじい速さで丘を駆け下りると、ルオは渦を巻く悪鬼の群れの上を躊躇なく走り抜ける。地獄に誘い込むように伸ばされた腕を斬り飛ばしながら。それは巨大な赤いらせん階段を駆け上がるように見えた。

ディアナやフレア、そしてエミリアもその後に続く。

フレアたちはルオと同じく悪鬼の腕を斬り飛ばし、エミリアはその聖なる力で邪悪な鬼たちを寄せ付けない。

「なんておぞましい。まるで悪夢です」

エミリアの言葉に、ディアナが剣を振るいながら答える。

「ああ、まったくだ！」

彼らほどの力を持つ者でなければ、とうに悪鬼たちの餌食《えじき》となっているだろう。

ルオが一人で先行しているのも彼女たちへの信頼があるからこそだ。

ジャミルはルオの姿に気が付くと、邪悪な笑みを浮かべる。

「ほう、あれがルオ・ファルーディアか。いい度胸だ、ゼギウスを倒しただけはある。儀式はすぐに終わる。シオン、お前にはそれまでしっかりと働いてもらうぞ」

恐ろしい速さで塔を駆け上がってくるルオを、シオンは静かに見つめている。

塔にまとわりつく化け物たちがこちらに運んでくるのは、リーシャだけではない。大きなクリスタルに入った白い翼が生えた少女も、化け物たちの渦によって空に突き上げられていた。

屋上さえも越え、赤い月に供物《くもつ》を捧げるがごとく天高く運ばれていく。

ジャミルはそれを見上げると言う。

「お前の妹を解放出来るのはこの俺だけだ。忘れたわけではあるまい」

ジャミルの言葉にシオンは答える。

「妹などではない。俺はかつて剣を極める為に自らの国を捨てた。この仮面はその証だ」

「くく、哀れなものよ。国が亡《ほろ》びる時も、この娘は最後までお前の名を呼んでいたぞ。何と言い訳をしようが、お前は妹の為に神具の封印を解いたのだ。その剣を手にすることでな。俺に命じられるがまま地獄の扉を開いたお前に、もはや戻る道などありはしない」

天高く掲げられたリーシャ。

そしてその横にはクリスタルに封じられた少女。彼女は悪鬼の群れに囲まれている。

「エリーゼ！」

冷静なシオンでさえあまりの光景に思わず声を上げた。

それを見てジャミルは邪悪に笑う。

「エリーゼ・フェレリア。翼人の王女、フェレリア王家の血を引く娘よ。生贄の小娘を連中にくれてやることは出来んが、翼人の王女でも最上級の餌《えさ》となるだろう。それが嫌なら……分かっているな？」

ジャミルは、自分しかクリスタルの封印を解くことは出来ないと言ったが、それはつまり、解くタイミングを握っていることも意味する。下手に逆らってもし今封印を解かれれば、せっかくクリスタルから解放されても、少女の命はないだろう。

シオンは静かに剣を構えた。血を分けた少女を救うにはジャミルを守るしかない。

そして、こちらに向かってくるルオを見下ろした。

シオンが手にする神具エクスデュレインがバチバチと音を立てて雷を纏うと、仮面の奥に神の眼が開く。

そして背中に、妹と同じ白い翼が広がる。

「ルオ・ファルーディア。英雄帝の再来と呼ばれる男よ、やはりお前は死ぬしかない。この俺の手によってな！」

その瞬間——

シオンの体が霞むように消える。

剣を構え、凄まじい速さでルオに向かって羽ばたいたのだ。

神の領域に踏み込むほどの一撃。

だが——

ギィイイイイイン！

凄まじい音が鳴り響く。

「なんだと!?」

シオンは思わず目を見開いた。

そこには一人の女が羽ばたいていた。

まるで翼人のように。

空には巨大な魔法陣が浮かび上がり、女はそこから現れた最高位の精霊と融合している。

「坊やの邪魔をするんじゃないよ。あんたの相手はこの私さ」

シオンの目が鋭くなる。

「生きていたか。だが、すぐに死ぬことになるぞ」

シオンが手にしたエクスデュレインに、凄まじい魔力が込められていく。

その時、ディアナとは逆方向から気合のこもった声が響いた。

「はぁあああああ!!」

同時に、天空には真紅の魔法陣が開いていく。

そこから現れたのは、真紅の髪を靡かせた戦女神《いくさめがみ》だ。

それを見てディアナは笑みを浮かべる。

「かつてレヴィンと共に戦い、その剣を彼に捧げたと言われている女騎士バルキュリーテ。その魂が具現化し、英霊《えいれい》になった姿か。フレア、あんたには相応しい相手かもしれないね」

天空に現れた紅《くれない》の戦女神は、フレアに落雷するがごとく降り注ぎ、一つになる。

そしてディアナに向かって答えた。

「いつまでも、あんたにだけいい恰好させてられないのよ!」

渦巻く塔の外壁から手を伸ばす悪鬼たちを切り倒す。そこに立っているのはフレアであってフレアではない。

紅の戦女神という言葉がぴったりなその美貌と赤い髪が、真紅の魔力に輝いていく。

その背中には赤い炎が翼となって広がっていた。

魔聖眼を超えたフレアの額の印の力が、解放される。

「食らいなさい！　紅乱舞百花繚乱《くれないらんぶひゃっかりょうらん》!!」

華麗な名前の通り、その技は美しい。

百花繚乱――美しい花が咲き乱れるがごとく、シオンの周りにフレアの残像が無数に現れる。そして、ディアナの攻撃に気を取られていた彼に、一斉に強烈な突きを放った。

鮮やかな突きの一つが、シオンの白い仮面を縦に切り裂いた。

ブロンド髪の端整な顔立ちの青年が、そこから現れる。

「おのれ……」

ディアナとフレア、二人に阻《はば》まれてシオンの動きが完全に止まる。

彼女たちに限界以上の力を与えているのは、二人の後ろで祈る少女だ。

赤いらせんに立つエミリアの額の印は、足元の悪鬼たちを寄せ付けないほどの聖なる輝きを放っている。

そして彼女の聖なる魔力は、ディアナとフレアを包み込み、二人の身体能力を押し上げていた。

エミリアはシオンを見つめ、そして言った。

「何故です？　貴方からは穢《けが》れた魔力を感じません。それにあの時、貴方はルオ様に約束の地に来るように言い残した」

エミリアはリーシャを攫い去っていくシオンが残した言葉を思い出しながら、真っすぐに彼の瞳を見つめる。

「貴方は、本当はルオ様に止めて欲しかったのではないですか？　ジャミルを、そして自分自身のことも」

シオンはその時、エミリアの瞳の奥に、妹であるエリーゼの面影《おもかげ》を見た。

もしも妹が傍にいれば、兄であるシオンに同じことを言っただろう。

もうやめて、と。

「エリーゼ……」

シオンは剣の柄を握り締める。

彼は、レヴィンと共に戦った英雄ルーファスの生まれ変わりと呼ばれるほどの剣の才を持ち、それ故に窮屈《きゅうくつ》な王家の生活を嫌った。

国と王家を捨てて旅に出る時に、涙を流しながらお兄様のお帰りをいつまでも待っています、と言っていたエリーゼ。だが、シオンはそんな妹を残して旅に出た。

その結果、ジャミルの侵攻を許し、国は滅んだ。

悪鬼に囲まれている、クリスタルの中に閉じ込められた妹の姿をもう一度見つめる。

そして、再び剣を構えた。

「戯言《ざれごと》を。俺にはもう帰る場所はない、地獄であろうとただ前に進むだけだ」

あと少しで屋上に達しようとするルオを追い、翼を羽ばたかせるシオン。

その後を追うディアナ。

「あんたにどんな理由があるかは知らない。でもここは通さないよ！　絶対にね」

そして、悪鬼たちの手で空に掲げられているリーシャに向かっていくルオに叫んだ。

「坊や！　リーシャを頼んだよ！」

フレアも剣を構えると声の限りに叫んだ。

「行きなさい、ルオ!!」

エミリアもリーシャを見つめて祈る。

「ルオ様!!」

ジャミルはそれを苦々し気に眺めながら言った。

「シオンめ、役に立たん男だ」

赤い月に向かって空高く掲げられていたリーシャの体が、塔の屋上にある祭壇の上に置かれる。

ジャミルはその体を抱き寄せると、祭壇の上で彼女の首筋に牙を立てようとする。

それが眠りを妨げ、気を失っていたリーシャの瞳が静かに開く。

そして、目の前にある邪悪な男の顔を見て叫んだ。

「いやぁあああああ!!」

その時――

リーシャは見た。

ジャミルの肩越しに空に浮かぶ、血の色のような赤い月。

その月光に照らされる一人の少年の姿を。

「ルオ!!」

塔の悪鬼たちが作り上げた渦を駆け上がり、天空に身を躍《おど》らせた少年の手には、一冊の本が握られている。

ルオの神の眼が光を放ち、手にした本は一本の剣へと変わった。

ゼギウスを倒した時のように、自らの力で神の領域に踏み込み、バーレンの残した本を依《よ》り代《しろ》に作り出したその剣は、四本目の神具と言っても過言ではないだろう。

それは鞘に収められ、さらに魔力を凝縮しているように見えた。

「おのれ！　小僧!!」

リーシャの首筋に牙を立てようとしていたジャミルは、頭上のルオに気が付き、斧で両断しようとした。

そこから放たれる衝撃波が、鋭い刃となってルオを襲う。

その一撃は何者をも切り裂き滅するだろう。

だが――

ルオは真空の刃を体をひねって鮮やかにかわすと、剣の柄を握る。

リーシャは、そこから爆発するような強烈な魔力を感じた。

「おおおおお！　神言語抜刀術式《しんげんごばっとうじゅつしき》！　滅《めつ》！！！」

まさに神をも滅するような抜刀術。

一瞬にして鞘から抜かれた剣は、凄まじい光を放っていた。

それが瞬時にジャミルの首を刎ねる。

リーシャを抱きかかえたまま首を飛ばされ、ジャミルがよろよろと祭壇の上を後退する。

ルオはそのまま宙返りをすると、近くに着地する。

勢い良く飛ばされたジャミルの首は、彼の足元に転がった。

ディアナやフレアはそれを見て声を上げた。

「坊や！」

「ルオ、やったわね！」

ディアナたちを追って、屋上が見渡せる場所まで上がってきたエミリアも頷く。

「悪魔を、ジャミルを倒したのですね！　ルオ様」

祭壇の上で立ったまま絶命しているジャミルの傍に、ルオは歩いていく。

リーシャはルオを見つめて涙を流した。

「ルオ……ルオ」

「もう泣くな。帰ろう、エマたちが待っている」

空に輝く赤い月はまだそのままだが、リーシャは全ての悪夢が終わったのだと知って頷いた。

しかし――

リーシャの目が見開かれる。

（なにこれ……）

首を刎ねられた男の胸から鼓動を感じるのだ。

あの時、ジャミルの左胸を貫いた時に右胸から感じた鼓動、それと同じものを。

リーシャは叫んだ。

「来ないでルオ！　まだ生きてる！　ジャミルはまだ生きてるわ!!」

リーシャの絶叫の中、首がない男が手にした斧が、ルオに向かって振り下ろされた。

「なに⁉」

あまりのことに、ルオでさえ身をかわすのが僅かに遅れる。

ルオの胸元をジャミルの斧が切り裂く。

リーシャは悲鳴を上げた。

「いやぁあああ！　ルオぉおおお‼」

ジャミルの斬撃にルオは後ずさり膝をつく。

そして鮮血が巨大な祭壇の上に飛び散った。

「ルオ！　ルオぉおお！」

胸から血を流すルオを見て、泣き叫ぶリーシャ。

信じられない光景に、フレアたちも凍り付いた。

シオンの目が鋭くなる。

そして呟いた。

「首を刎ねたぐらいではジャミルは死にはしない。あの男の中には獣が棲《す》んでいる。悪魔のような獣がな」

# 11、黒い獣

膝をつくルオを見下ろすのは、首のないジャミルの体。

異様な状況に、フレアたちは愕然としたままだ。

「そ、そんな……ルオ!!」

「坊や!!」

「ルオ様!!」

祭壇の上では、ジャミルの斧がルオの血を吸って不気味に光り、地面に転がった首が笑う。

「やりおるわ、まさかこれほどまでとはな。神具を使うことなく、己の力のみで神の領域に踏み込みおったか。あのデュランスベインを持つゼギウスを倒しただけのことはある」

そして首がなくなったはずの胴体に、新たな首が生えてくる。

だが、それは今までのジャミルの顔とは違う。

黒い獣のような顔だ。

「だが、舐めるなよ小僧。神具に封じられた闇の力が、この俺に不死身の肉体を与えたのだ」

そしてその顔は、邪悪な笑みを浮かべた。

「もうその首などいらぬ。俺の中の獣がそう言っておるわ」

それはジャミルであり、もうジャミルではない。

人であり邪悪な獣だ。

「ふふ、ルオ・ファルーディアよ、貴様のせいで喉が渇いたわ」

ジャミルはリーシャの首筋に牙を立てた。

「うぁあああ!!」

反り返るリーシャの体。

同時にリーシャの右手の獣玉石が強烈に輝く。

主の命を守ろうとするかのように。

だが、その力ごと吸いつくされていくのか、宝玉の光は次第に弱まっていく。

「リーシャ!!」

ルオは、胸の傷を押さえながら剣を構えると、一気にジャミルの胸元に飛び込む。

そしてその左胸を貫いた。

心臓を貫く確かな手ごたえがある。

だが――

「ぐぁ!!」

強烈な拳の一撃が、ルオを祭壇の上から吹き飛ばした。

その凄まじい威力に、屋上の端まで体を飛ばされ床に転がる。

リーシャは虚ろな目でルオを見つめた。

「ルオ……」

フレアとディアナはシオンと対峙しながら叫んだ。

「ルオ!」

「坊や!」

ルオのもとに、エミリアが駆け寄る。

「ルオ様!!」

こんなルオの姿を見るのは初めてだ。

胸に大きな傷を刻まれ、ジャミルの拳の一撃を受けた左腕は大きく腫《は》れあがっている。

骨が砕けている。

エミリアはそう直感して、渾身《こんしん》の力を込めて回復魔法を唱えた。

なんとか傷口が塞がり、骨が繋がって安堵《あんど》の吐息を漏らす。

「ルオ様……」

「すまない、エミリア」

だが、あの出血の量だ。

すぐに万全とはなりえないだろう。

そんな中、ジャミルはぐったりとしたリーシャを祭壇の上に置いた。

かなりの血を吸われ、彼女の顔は蒼白だ。

そして、半分漆黒の人狼《じんろう》と化した男がゆっくりと振り返る。

ぞくり。

フレアは今までにない恐怖を感じた。

ジャミルの額にはゼギウスと同様に、漆黒に輝く神の眼が開いているが、そこから感じる力は遥かに強大だ。

(何なのこの力!)

ジャミルは、祭壇の上で赤い月に照らされるリーシャを見て笑う。

「今はまだ殺さん。お前の目の前で、あの小僧を殺してやると誓ったからな。くく、この力の前ではもはや敵などおらん。そこで見ているがいい、愛する男が死ぬ様をな。その絶望の最中、お前の全てを食い尽くしてやろう」

「ルオ……逃げて。私はどうなってもいい……愛してるの」

リーシャの瞳からぽろりと涙が流れた。

ルオは立ち上がり、静かに剣を構える。

「俺は逃げるつもりはない。必ずお前を連れて帰る。皆のところにな」

断固とした答え。

そしてルオは言った。

「お前の不死の秘密はもう分かっている。先程お前の体に剣を突き立てた時にな」

ジャミルはルオを見据える。

「ほう。気が付いたか？」

斧を手にしてルオを眺める黒い獣に、彼は剣を構えた。

「お前の心臓は二つある。まるで、貴様自身とその中に巣食う獣が、それぞれ命を持っているかのように。片方を貫いたとて、もう一つの心臓の力で即座に蘇る。同時に貫きでもしない限りはな」

先程の一瞬の攻防の中で、ルオはジャミルの心臓を貫いた。

その時、剣先で触れた左胸の心臓のものとは別の鼓動を、右胸から感じたのだ。

その鼓動が体の傷を癒し、左の心臓を蘇らせるのも。

それを聞いてジャミルは哄笑した。

「ふは！　ふはは!!　流石だなルオ・ファルーディアよ。だがどうする？　この小娘の血を吸い、俺の中の獣は完全に目覚め始めた」

ジャミルはそう言うと、ルオの手にした剣を眺める。

「並みの武具で貫いたところで、もはや今の俺の心臓には、傷一つ与えることすら出来んわ。神の領域に踏み込んだとはいえ、貴様が手にした剣だけではどうにもなるまい。ゼギウスのデュランスベインはもはやない。そして、三本目の神具を持つシオンは、俺に逆らうことなど出来ん。妹が我が手にある以上、腑《ふぬ》抜けのように俺に従うしかないのだからな」

邪悪な瞳がシオンを嘲笑うかのように眺める。

確かにジャミルの言う通りだろう。

闇の獣と化しつつあるこの男の心臓を貫くことは、もはや並みの武器では不可能に違いない。

そしてジャミルは、手をシオンの妹であるエリーゼが封じられているクリスタルへと向ける。

それに反応し、クリスタルの表面に、複雑な魔法言語で描かれた魔法陣が浮かび上がった。

「ふふ、分かっているな？　この封印を解く魔法陣を今発動すれば……」

それを見てシオンが叫ぶ。

「エリーゼ！　や、やめろ!!」

クリスタルの周囲には無数の悪鬼がへばりついていて、彼女がその中から解放されるのを待っている。

「くく、そうだ。お前に選ぶ道などない。俺がこの小僧を始末する前に女どもを殺せ。小僧の見ている前で、無残《むざん》にな」

「……分かった」

フレアとディアナは、既に屋上に上がりルオの傍にいる。

シオンは羽ばたくと二人の前に降り立った。

苦悩に満ちた翼人の瞳が、ディアナたちを射抜いている。

「死んでもらうぞ」

再び高まっていくシオンの魔力を感じて、ディアナとフレアも剣を構えた。

ディアナは、エリーゼが囚われたクリスタルを静かに見つめる。

「あれがあんたの事情ってやつか？　それであんたの妹は喜ぶとでも思っているのかい。自分の兄がこんな悪魔に手を貸しているなんてね」

「黙れ！　お前に何が分かる」

話している間に、ディアナの魔力も高まっていく。

「どうやらこれ以上の問答《もんどう》は無意味のようだ。坊や、こいつは私とフレアが倒す！」

フレアも頷いた。

「ええ、ディアナ。ルオ、ジャミルは頼んだわよ！」

彼女の体からも紅の魔力が湧き上がっていく。

エミリアは黙ってシオンを見つめると、ディアナやフレア、そしてルオの為に祈った。

「神よ！　我が友と愛する人に天の祝福あれ!!」

強烈な祝福魔法、ブレスがエミリアと三人の体を包み込む。

屋上にまではびこり始めた悪鬼たちも、その光には近づけない。

彼女たちはシオンを、ルオはジャミルをしっかりと見据えていた。

「行くぞ！」

「「ええ!!」」

ルオの掛け声と共に、ディアナとフレアは一斉に魔力を全開にしてシオンに迫る。

守護天使と紅の戦乙女の強烈な攻撃を、シオンは神具エクスデュレインで弾きかえす。

同時に、ルオは一気にジャミルの懐へと踏み込んでいた。

ジャミルは巨大な斧を振りかぶって笑った。

「くはは！　諦めの悪い小僧だ！」

エミリアの力で、限界を超えた動きを見せるルオの姿。

だが、それすらも捉えて斧を振るジャミルに、次第にルオが押されていく。

それでも、そんな彼の為に、エミリアは限界を超えて魔力を高めていく。

ディアナたちと戦いながら、シオンは思わずエミリアに問いかけた。

「何故だ、いくらルオ・ファルーディアとてジャミルには勝つことは出来ん。何故それほどまでに……」

どこか彼の妹と重なる雰囲気を持つ彼女は、シオンに答えた。

「信じているからです。ルオ様があのような悪魔には決して屈しないと。そして、皆の笑顔を守ってくださることを」

「笑顔を……」

シオンはエミリアの真っすぐな瞳を見て思い出した。

自分が守りたかったものを。

それが何だったのかを。

自分の後ろをちょこちょことついて回ってくる妹の、無邪気な笑顔を守ってやりたくて剣を習い始めたことを。

だが、剣の道を究めるにつれてそんなことは忘れていったことも。

(俺は一体、何の為に強くなったのだ?)

ディアナたちと戦いながら、ジャミルと剣を交えるルオを眺める。

まだ年若いにもかかわらず、絶望しかないこの状況で、決して下を向くことはない。

絶望の中を、ただ前へ前へと進もうとするような姿。
その先に光があると信じて。
それはかつてシオンが憧れていた、英雄帝レヴィンそのものだ。
「ふは！　ふはは！　小僧、これで終わりだ!!」
ジャミルの強烈な斧の一撃が、下方からルオの体を切り上げる。
斧に込められた凄まじい魔力がルオの剣を砕き、彼の体を空へと吹き飛ばしていく。
砕けた剣は無数の本のページとなって、ルオの体の周りを舞う。
シオンは自然と叫んでいた。
「ルオ・ファルーディア!!」
ついに力尽き、自ら生み出した神具さえ砕かれた。
そのまま、落下してジャミルの斧の餌食になるしかない。
シオンにはそう思えた。
だが――
彼は見た。
ジャミルに弾き飛ばされた、ルオの冷静な表情を。
まるで、あえてそうされることを選んだかのようだ。

ルオはあるものの傍に華麗に着地すると、悪鬼を踏みつけにしてジャミルを見下ろした。

そして宣告する。

「終わりだと？　いや違う。俺の勝ちだ、ジャミル。もう一本の神具、確かに貰い受けたぞ」

「何だと？　貴様、何を言っている⁉」

ジャミルの目が見開かれていく。

ルオが鮮やかに着地したのは、悪鬼の道の頂点。エリーゼが囚われたクリスタルのすぐ傍だ。

ジャミルが発動しかけ、クリスタルの表面に浮かび上がった魔法陣の上に、手を置いている。

そして、複雑な魔法陣がさらにその上に浮かび上がり、重なっていった。

周囲には無数の紙が舞い、そこに記された数式と術式が、何かの答えを探り当てるように書き換わっていく。

シオンの目が大きく見開かれた。

封印がゆっくりと解除されていくのだ。クリスタルが崩壊し、中から翼の生えた少女が解放されていく。

（馬鹿な……どうやったのだ？　あのクリスタルはジャミル以外、封印を解くことは出来ないはずだ）

リーシャは祭壇の上で呟いた。

「……魔法紋」

彼女は思い出した。

公爵の息子であるブラントに捕らえられた母を、ルオが助け出してくれた時のことを。

(そんな、でもあんな首輪よりも遥かに複雑なはずよ。あの魔法陣も、そしてジャミルの魔法紋も。それを戦いながら見極めていたなんて!)

リーシャは気が付いた。

あのクリスタルに浮かび上がった魔法陣を、そしてジャミルの魔法紋を、ルオが戦いながら解読していたことに。

クリスタルから解放されたエリーゼの瞳が、シオンを捉える。

「お兄様!!」

彼女に群《むら》がる悪鬼をルオは全て凍り付かせた。

そしてシオンに向かって叫ぶ。

「シオン! お前と神具の力、俺に貸してもらうぞ!」

それに応えるように、シオンの全身に、今までにない魔力が湧き上がる。

背中の白い翼が強烈な輝きを見せると、羽ばたいた。

「うぉおおおお! ジャミルぅううう!!」

それは、言うならば白い雷だ。

バチバチと音を立てて、輝く剣がジャミルの体を背中から貫いた。

ルオに気を取られるがあまり不意を突かれて、ジャミルが血走った目で後ろを振り返る。

「シオン貴様！」

「もうお前に従う理由がない。それに、初めからこうするべきだったのだ。お前に従い、闇に包まれた世界で生き残ったとて、エリーゼの笑顔は守れはしなかったのだから」

「おのれ！　おのれぇええい!!」

ジャミルは斧で、背中にまとわりつくシオンの体を切り裂こうとするが、その頭上には既に一人の少年がいた。

空から舞い降り、赤い月を背に向かってくる。

輝く額に浮かび上がった神の眼が、少年の手に再び光輝く剣を生じさせた。

強烈な魔力が剣に集中していく。

その刀身には複雑な数式と術式が刻み込まれている。

それがまるで波のように揺らめき、今までにない強烈な光を生み出していた。

「おおおお！　神言語術式奥義！　聖光滅殺《せいこうめっさつ》!!」

シオンのエクスデュレイン、そしてルオの生み出した剣。

背中から、そして前から、ジャミルを二つの神具が貫く。

左の心臓、そして右の心臓を。

そしてルオが放った強烈な光の波動が、ジャミルの全身に伝わって細胞を滅していった。

「ぐ！　ぐはぁあああ!!　馬鹿な！　こんな馬鹿なぁああ!!」

不死身のはずの黒い巨体がよろめいて、体の内部から放たれる光に焼き尽くされていく。

そして、手にしていた、闇を封じた斧が砕け散っていった。

「おのれぇぇえ！　ぐぉおおおおおお!!」

凄まじい断末魔を残して、ジャミルとその中に巣食う黒い獣は消え去っていく。

同時に赤い月が次第にその色を変え、白く美しい月光を放ち始めた。

塔の外壁を覆っていた悪鬼たちはそのまま石へと変わり、辺りは静寂を取り戻す。

ルオに解放された翼人の少女は、シオンの傍に舞い降りると、そっとその体を寄せた。

シオンは黙って彼女を抱きしめる。

そんな中、ルオは静かに、リーシャが横たわる祭壇へと歩き始めた。

リーシャは涙を浮かべながらルオを見つめる。

「ルオ」

「リーシャ、待たせたな。もう全て終わった。安心しろ」

その言葉に、彼女はルオの胸に顔を埋《うず》める。

「うん……」

安心したからか、ところどころ破れ、汚れてしまったドレスが少し恥ずかしくなった。

それを隠そうと身を縮こませたリーシャに、ルオは言った。

「隠すことはない。そのドレス、よく似合っているぞ」

それを聞いてリーシャは笑った。

無愛想で不器用な、ルオらしい優しさだ。

それがなんだかとても嬉しかった。

ディアナやフレア、そしてエミリアも、ルオの後ろでリーシャに微笑んでいる。

リーシャはディアナを見て安堵の息を漏らす。

「ディアナ、生きてたのね。良かった、本当に良かった」

「ああ、私は不死身なのさ」

冗談めかしてそう言うディアナを、フレアは肘でつつく。

「よく言うわよ。大変だったんだから」

「ふふ、本当に。リーシャ、貴方にはいっぱい話さないといけないことがあるわ」

エミリアも微笑む。

ディアナとフレアは頷く。

「ああ、そうだね」

「本当ね」

リーシャを見つめる皆の眼差しはとても温かい。

それを見て、リーシャは自分が仲間たちのもとに帰ってきたのだと、とても幸せな気持ちになった。

美しい月がルオたちを照らしている。

ルオは皆に言った。

「さあ、帰るとしよう。俺たちの戻るべき場所へ」

その言葉に皆、顔を見合わせると大きく頷いた。

## 12、英雄帝

夜が明ける頃。

アルディエント軍が中心となった解放軍の駐留地で、ジークとロランは呪われた大地の方角をずっと眺めていた。

その周囲には多くの兵士たちの姿がある。

誰も何も語らず、ただ彼らが王と慕う者とその仲間たちの帰りを待っている。

もしも許されるのなら、命を懸けてでも駆けつけたい。

誰もがそう思っていた。

だが、ここから先は足手まといになるからと、黙って拳を握り締めているジークの姿を見ると皆、何も言えなかったのだ。

(ルオ様、どうかご無事で)

ロランはそんなジークの横顔を見つめながら心の奥深くで願った。

深夜に昇った赤い月。

その下では世界の命運を懸けた戦いがなされていたのだろうとロランは思う。

ルオは彼にとってヒーローだ。

最強の新入生として現れ、そして天才と呼ばれたジュリアスでさえ下した。

さらにはアルディエント最強と呼ばれ、闇の神具を使いこなすゼギウスまで。

それでも、伝承にある闇の化身とも呼べる存在を倒すことが出来たのか。

ロランには分からなかった。

日が昇り、辺りは明るくなっていく。
だが、彼らが待ち望む光はまだ戻ることがなかった。
明るくなっていく大地を見つめながら、ロランは不安を消すことが出来ずに叫んだ。
「ルオ様！　どうかご無事でお帰りください!!」
その言葉を聞いてジークも叫ぶ。
「我らは皆、いつまでも待っています!!」
兵士たちも一斉に声を上げる。
「「陛下!!」」
見つめる先からやってくるのが、光ではなく闇だとしても決してここを動かない。
そんな強い決意を込めて。
次第に太陽が高く昇っていくがまだ人影はない。
その時――
地平線のかなたに陽炎《かげろう》のように何かが揺らめくのをロランは見た。
見守っていた者たちも皆、それに気が付いて息をのむ。
それは時が経つにつれて、数名の人影となり、こちらに向かってくる。
人々は自然に彼らのもとへと走り始めた。

そして、こちらに向かってくる人影の先頭にいる少年の姿を、はっきりとその目で確認した。

彼の瞳はまるで氷のようだが、何よりも激しく燃え上がる炎でもある。そんな青を宿している。

ジークは少年の前に進み出ると、片膝をつき深々と礼をした。

「お帰りなさいませ、ルオ様」

ジークの目には涙が光っている。

「ジーク、今帰った」

ただ一言の簡潔なその言葉に、留守を任せた男への信頼が込められていた。

ロランはそんな二人を見て目頭《めがしら》を熱くした。

ルオの傍にはフレアやエミリア、そしてディアナやリーシャ、また彼らによって救われたエリーゼとシオンの姿も見える。

そんな中、ディアナが腰を手に当てると騎士団の皆に言った。

「さあ何してるんだい、宴の用意をしな！　今日は派手に祝杯を上げるよ‼」

まだ日が昇ったばかりにもかかわらず、明るくそう言ったディアナの言葉に、そこにいる皆は顔を見合わせた。

そして、大きな歓声を上げたのだった。

それから数日後、獣人の王国ルディーリアには多くの人々が集まっていた。

ジャミルは死に、シュトハイド軍の主力もあの塔で失われた今、大きな抵抗もなくアルディエント軍はルディーリアの都を押さえることが出来た。

そして王宮へと入城する。

程なくエスメルディアやサラも、リーシャとの再会を果たした。

「お母様！　サラ！」

「リーシャ！」

「ああ、姫様！　よくぞご無事で」

互いにしっかりと抱きしめあう。

そしてエスメルディアはルオに深々と頭を下げた。

「ああ、ルオ様。ありがとうございます、本当にありがとうございます！」

村の住人たちやミレーヌ、そしてエマも一緒である。

幼い為、事情を聞かされていないエマは不思議そうに首を傾げる。

「王たまも、リーシャお姉たまもどこ行ってたですか？」

そう言って、ルオとリーシャの傍にちょこちょことやってくるエマ。

「エマ寂しかったのです！」

ルオはそんなエマの頭を撫でた。

「心配かけたな、ちび助」

リーシャもエマの鼻の頭をつついて言った。

「ただいま、エマ！」

「おかえりなさいなのです！」

二人が戻ってきたのがよっぽど嬉しいのか、エマは大きな尻尾を振って二人の周りを駆け回る。

その姿は皆の癒しだ。

「みんなでまた一緒にカレーを食べたいです！　元気になる魔法のご飯なのです！」

エミリアとフレアはそれを聞いて微笑む。

「いいですわね、せっかく皆揃ったのだから」

マリナも大きく頷いた。

「賛成です！」

「ならば断然甘口がいいですな！」

そう言ったのはなんとグレイブである。

渋い護衛隊長には似つかわしくない好みにマリナは苦笑したが、エマは大喜びだ。

「甘口カレー大好きです！　うまうまなのです！」

フレアはそんなエマを眺めながら言う。

「そうね、今日は私も手伝おうかしら？」

それを聞いてルオがじっとフレアを見つめている。

フレアは睨み返すと言った。

「なによ、その目は。わ、私だって料理ぐらい勉強してるんだから」

ディアナが悪戯《いたずら》っぽく笑う。

「へえ、坊やに食べてもらいたくて、かい？」

「は!?　ば、馬鹿じゃないの！　レディのほんの嗜《たしな》みよ、か、勘違いしないでよね！」

ディアナは肩をすくめると言う。

「まったく、騒々しいね。さて、私は食事が出来るまで、仕事も兼ねて王宮の中を少しぶらりとさせてもらうよ」

騎士団を束ね、ルオたちが滞在する間はルディーリア王宮の警護の責任者でもある彼女は、王宮の中の構造を知っておく必要があるのだろう。

部下の騎士たちを連れて立ち去ろうとした。

その時——

翼人の男が一人、彼女の前に立ちはだかった。

シオンである。

その顔には新たな白い仮面がつけられている。

傍には妹であるエリーゼの姿も見えた。

ディアナはシオンを睨む。

「何だい、その仮面は？　そういえばあんたとはまだ決着がついてなかったね。ここでケリをつけてみるかい？」

シオンは首を横に振ると答える。

「そのつもりはない。この仮面は俺がフェレリア王国を捨てた証だ。今更シオン・フェレリアとして民の前に現れることなど許されることではないからな」

そう言ってシオンは腰から提げた剣を鞘ごと外すと、ディアナに向かって差し出す。

「この剣をお前に預ける。お前ならルオ・ファルーディアの為に、この剣を役立てることが出来るだろう」

そしてルオに言った。

「俺は罪を犯した。神具を持つ資格などない。いずれこの命に代えて、その罪を償《つぐな》おう。だが、頼む。妹の、いや残された民の為にもフェレリアだけはこの手で取り返したいのだ」

王子であるシオンという名は明かさずに、一人の剣士としてフェレリアを取り戻したい。

そう思っているのだろう。

ディアナは肩をすくめた。

「翼人族に伝わる聖剣エクスデュレインを渡すのはその証ってわけかい。フェレリア王国の奪還が終わったら、あんた死ぬつもりだね」

「俺は悪魔に手を貸し、お前を刺し貫きリーシャ王女を攫った。その罪が消えることはない」

エリーゼは全てが終わった後、兄が自らの命を断つ気であると知ってルオの前に跪いた。

「ルオ様！　どうか、どうか兄の罪をお許しください。その罪は私も共に背負います。一生をかけて償いますから！」

そんな彼女の姿を見てエミリアはルオを見つめた。

「ルオ様」

ルオはディアナに歩み寄ると、彼女からエクスデュレインを受け取る。

そしてそれを鞘から抜き放った。

「そうだな、シオン。お前には罪を償ってもらうぞ」

この剣によって今、罪が裁かれるのか。

「お兄様！」

「ルオ様！」

シオンは目を瞑《つむ》り、エリーゼとエミリアは悲痛な面持ちになる。

彼に攫われたリーシャもルオを見つめていた。

ルオが鮮やかにその剣を振るうと、シオンの白い仮面が両断され、音を立てて地面を転がる。

仮面の下から現れたシオンの目が見開かれていた。

「ルオ・ファルーディア……」

「ジャミルの手先となっていた仮面の男は今死んだ。シオン、罪を償うのであれば、生きてすることだ。王子であるシオン・フェレリアとしての責任を全うすることでな」

ディアナは肩をすくめると笑った。

「だ、そうだよ。うちの陛下は甘いんだ。でもね、私はそれを気に入ってるんだよ」

エミリアやリーシャもそれを聞いて微笑む。

ルオにつき返された剣の鞘を握り、シオンは涙を流した。

「馬鹿な男だ……ルオ・ファルーディア。このシオン、命ある限り貴方に忠誠を誓おう」

その言葉通り、それから、シオンはルオたちと共にジャミルに支配されていた多くの国々の解放に尽力した。

そして奪われていたフェレリア王家を、妹のエリーゼと共に復興する。

ルオと共に戦うその姿は、かつて英雄帝レヴィンの盟友と呼ばれた翼人の英雄ルーファスのようだと人々に称えられた。

多くの国々が解放され、彼らは皆、口々にルオやその仲間たちの名を叫んだ。

彼らこそが新しい世界を作る者たちだと。

そして、ジャミルと黒騎士王親衛隊の圧政に苦しんでいたシュトハイドの民も新たなる王を望み、ルオとアルディエント軍を解放者として受け入れたのである。

ジュリアスはアルディエントの都で、西方から帰ってきたロランの報告でそれを知った。

報告を聞き終えたジュリアスは笑った。

「どうやら、暫くは俺の仕事も楽になりそうにないな」

「はい、ジュリアス様。陛下が戻られるのはもう少し先になりそうですから」

笑顔でそう語るロランに、ジュリアスは肩をすくめた。

「まったく。想像以上に長い遠征になりそうだな」

「ええ、ルオ様はこの大陸を統一なさるでしょう。西方の多くの国々、そして民がそう望んでいますから」

ジュリアスはその言葉に目を細めた。

「レヴィン以来、誰もなしえることが出来なかった大陸の統一。新たなる英雄帝か」

「はい。王の中の王、幾つもの国を束ね、その上に立つ者のみが許される称号です。もしかすると、今頃は……」

ロランはそう言うと、遠く西方の空をジュリアスと共に眺めた。


ロランの思った通り、それから程なくルオは西方の国々を束ね、大陸を統一した。

アルディエントに知らせはまだ届いていないが、西方で彼らが拠点としているルディーリアの王宮は、多くの国からの使者で賑わっていた。

王宮から大通りに向けて歩くルオの姿に大きな歓声が上がる。

そこには獣人、翼人、人間など多くの種族がいた。

「ルオ様!!」

「新たなる英雄帝万歳!!」

そして、常に彼の傍にいて、その力となった四人の女性たちにも大きな歓声が沸いた。

聖王女エミリア、そして赤の薔薇姫フレア、さらにはアルディエントの守護天使ディアナ。

その三人に加えて、このルディーリアの王女で白の姫騎士のリーシャだ。

ルオとの例の訓練の賜物か、彼女の風の力はさらに増して、今では大きな戦力となっている。

散り散りになっていた獣人たちも、復興したルディーリアに戻ってきており、彼らからのリーシャの人気は絶大である。

彼女たちは今や英雄帝の四女神と呼ばれ、いずれは妃になるのではと噂されていた。

「エミリア様やフレア様のなんと可憐で美しいことよ」

「いやいや、王国の守護天使と呼ばれるディアナ様の凛々しさを見てみろよ」

「なんの！　うちのリーシャ様が一番だ！　英雄帝と未来の四人のお妃様に万歳！」

などと世間の声はかまびすしい。

リーシャはそれを聞いて真っ赤になっている。

「未来の妃って……も、もう！　勝手なこと言って」

ルオは肩をすくめる。

「まったく、やれやれだな」

ディアナがそれを聞いてルオを睨む。

「やれやれ、じゃないだろう？　坊や。口づけの責任は取ってもらうよ。英雄帝と呼ばれる男が女にだらしないってのは締まりがないだろ？」

フレアやエミリアも悪戯っぽく笑った。

「そうね、私は初めてだったんだし」

「私だってそうです！」

彼女たちの言葉に、リーシャが首を傾げる。

「口づけってなんのこと?」

ルオは軽く咳払いをして足を速める。

リーシャはルオを追いかける。

「ねえ、ルオ!　絶対何か隠してるでしょ」

「何も隠してないぞ。それよりもまだこれからやることが山済みだ。行くぞリーシャ!」

いつになく慌てている様子のルオを、リーシャはジト目で睨んだ。

「嘘!　誤魔化したって駄目なんだから!」

軽やかにルオを追いかけていく少女の姿と、それを見守る多くの人々の歓喜の渦。

エミリアとフレア、そしてディアナはそれを見ると、顔を見合わせて笑った。

一人の少年が伝説たる英雄帝の称号を冠して、この大陸はまさに今、新しい時代に入ろうとしていた。

小国バルファレストの第六王子レオンは、父である王の死をきっかけに、王位を継いだ兄によって追放され、さらに殺されかける。しかし実は彼は、二千年前に四英雄と呼ばれたうちの一人、獅子王ジークの記憶を持っていた。その英雄にふさわしい圧倒的な力で兄達を退け、無事に王城を脱出する。四英雄の仲間達も自分と同じようにこの時代に転生しているのではないかと考えたレオンは、大国アルファリシアに移り、冒険者として活動を始めるのだった——

◉定価：本体1200円+税　◉ISBN 978-4-434-27775-7
◉illustration：紺藤ココン

●各定価：本体1200円+税
●illustration：マツモトミツアキ
**1～15巻 好評発売中!**

**CV** 深澄 真：花江夏樹
巴：佐倉綾音 澪：鬼頭明里
監督：石平信司 アニメーション制作：C2C

異世界へと召喚された平凡な高校生、深澄真。彼は女神に「顔が不細工」と罵られ、問答無用で最果ての荒野に飛ばされてしまう。人の温もりを求めて彷徨う真だが、仲間になった美女達は、元竜と元蜘蛛!? とことん不運、されどチートな真の異世界珍道中が始まった！

**コミックス 1～8巻 好評発売中！**

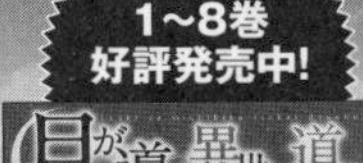


**漫画：木野コトラ**
●各定価：本体680+税 ●B6判

Saijyaku no necromancer wo tsuihoushita yusyatachi ha nandomo soseishite moratteitakoto wo mada shiranai

# 最弱のネクロマンサーを追放した勇者たちは、何度も蘇生してもらっていたことをまだ知らない

玖遠紅音
KUON AKANE

勇者は役立たずなので俺が世界を救います!?

……あいつら覚えてないけどね!

Webで大人気!

勇者パーティから追放されたネクロマンサーのレイル。戦闘能力が低く、肝心の蘇生魔法も、誰も死なないため使う機会がなかったのだ。ところが実際は、勇者たちは戦闘中に何度も死亡しており、直前の記憶を失う代償付きで、レイルに蘇生してもらっていた。死者を操り敵を圧倒する戦闘スタイルこそが、レイルの真骨頂だったのである。懐かしい故郷の村に戻ったレイルだったが、突如、人類の敵である魔族の少女が出現。さらに最強のモンスター・ドラゴンの襲撃を受けたことで、新たな冒険に旅立つことになる——!

◉定価:本体1200円+税　◉ISBN 978-4-434-28004-7

◉Illustration:ハル犬

転生者の能力を決めるガチャで大当たりを引いた俺、アキト。おかげで、顔は可愛いのに物騒な能力を持つという、チート王子様として生を受けた。俺としては、家族と楽しく過ごし、学園に通って友達と遊ぶ、そんなほのぼのとした異世界生活を送れれば良かったんだけど……戦争に巻き込まれそうになったり、暗殺者が命を狙ってきたり、国の大事業を任されたり!? こうなったら、俺の能力を駆使して意地でもスローライフを実現してやる!

◉各定価:本体1200円+税　◉Illustration:オギモトズキン

1~5巻好評発売中！

謎のヒビ割れに吸い込まれ、0歳の赤ちゃんの状態で異世界転生することになった青年、レイト。王家の跡取りとして生を受けた彼だったが、生まれながらにして持っていた職業「支援魔術師」「錬金術師」が異世界最弱の不遇職だったため、追放されることになってしまう。そんな逆境にもめげず、鍛錬を重ねる日々を送る中で、彼はある事実に気付く。「支援魔術師」「錬金術師」は不遇職ではなく、他の職業にも負けない秘めたる力を持っていることに……！ 不遇職を育成して最強職へと成り上がる！ 最弱職からの異世界逆転ファンタジー、開幕！

◉各定価：本体1200円＋税 ◉Illustration：しゅがお

◉漫画：南条アキマサ
◉B6判 定価：本体680円＋税

# アルファポリスで作家生活!

## 新機能「投稿インセンティブ」で報酬をゲット!

「投稿インセンティブ」とは、あなたのオリジナル小説・漫画をアルファポリスに投稿して報酬を得られる制度です。
投稿作品の人気度などに応じて得られる「スコア」が一定以上貯まれば、インセンティブ=報酬（各種商品ギフトコードや現金）がゲットできます!

## さらに、人気が出ればアルファポリスで出版デビューも!

あなたがエントリーした投稿作品や登録作品の人気が集まれば、出版デビューのチャンスも!　毎月開催されるWebコンテンツ大賞に応募したり、一定ポイントを集めて出版申請したりなど、さまざまな企画を利用して、是非書籍化にチャレンジしてください!

まずはアクセス!　アルファポリス　検索

## アルファポリスからデビューした作家たち

### ファンタジー

柳内たくみ
『ゲート』シリーズ

如月ゆすら
『リセット』シリーズ

### 恋愛

井上美珠
『君が好きだから』

### ホラー・ミステリー

椙本孝思
『THE CHAT』『THE QUIZ』

### 一般文芸

秋川滝美
『居酒屋ぼったくり』
シリーズ

市川拓司
『Separation』
『VOICE』

### 児童書

川口雅幸
『虹色ほたる』
『からくり夢時計』

### ビジネス

大來尚順
『端楽（はたらく）』

この作品に対する皆様のご意見・ご感想をお待ちしております。

おハガキ・お手紙は以下の宛先にお送りください。

【宛先】

〒150-6008 東京都渋谷区恵比寿 4-20-3 恵比寿ｶﾞｰﾃﾞﾝﾌﾟﾚｲｽﾀﾜｰ 8F
（株）アルファポリス　書籍感想係

メールフォームでのご意見・ご感想は右のＱＲコードから、
あるいは以下のワードで検索をかけてください。

アルファポリス　書籍の感想　検索

ご感想はこちらから

本書は、「アルファポリス」（https://www.alphapolis.co.jp/）に掲載されていたものを、
改題・加筆・改稿のうえ書籍化したものです。

# 魔力《まりょく》が無《な》いと言われたので独学《どくがく》で最強《さいきょう》無双《むそう》の大賢者《だいけんじゃ》になりました！２

雪華慧太（ゆきはなけいた）

2020年 10月 31日初版発行

編集－矢澤達也・宮坂剛
編集長－太田鉄平
発行者－梶本雄介
発行所－株式会社アルファポリス
〒150-6008 東京都渋谷区恵比寿4-20-3 恵比寿ｶﾞｰﾃﾞﾝﾌﾟﾚｲｽﾀﾜｰ8F
TEL 03-6277-1601（営業）　03-6277-1602（編集）
URL https://www.alphapolis.co.jp/
発売元－株式会社星雲社（共同出版社・流通責任出版社）
〒112-0005東京都文京区水道1-3-30
TEL 03-3868-3275
装丁・本文イラスト－ダイエクスト
装丁デザイン－AFTERGLOW
印刷－図書印刷株式会社

価格はカバーに表示されてあります。
落丁乱丁の場合はアルファポリスまでご連絡ください。
送料は小社負担でお取り替えします。
©Keita Yukihana 2020.Printed in Japan
ISBN978-4-434-28008-5　C0093